와룡봉추

임영기 新무협 판타지 소설

FANTASTIC ORIENTAL HEROES

와룡봉추 19

임영기 新무협 판타지 소설

초판 1쇄 찍은 날 § 2020년 6월 25일
초판 1쇄 펴낸 날 § 2020년 7월 2일

지은이 § 임영기
펴낸이 § 서경석

총괄팀장 § 노종아
편집책임 § 강서희

펴낸곳 § 도서출판 청어람
등록번호 § 제387-1999-000006호
등록일자 § 1999. 5. 31
어람번호 § 제2-2836호

주소 § 경기도 부천시 부일로 483번길 40 서경B/D 3F (우) 14640
전화 § 032-656-4452 팩스 § 032-656-4453
http://www.chungeoram.com
E-mail § chungeorambook@daum.net

ⓒ 임영기, 2019

ISBN 979-11-04-92211-4 04810
ISBN 979-11-04-91921-3 (세트)

19

비천염황

와룡봉추

임영기 新무협 판타지 소설

FANTASTIC ORIENTAL HEROES

目次

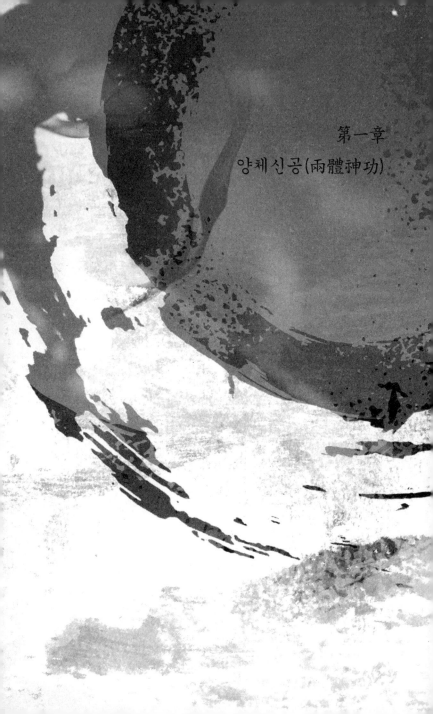

第一章
양체신공(兩體神功)

연종초가 화운룡에게 조심스럽게 이어전성을 보냈다.

[서방님, 사실 천첩은 다쳤어요.]

전음은 초극고수가 가로채서 들을 수 있지만 이어전성은 절대로 그러지 못한다.

연종초는 사천성 불금산 용황락에서, 그리고 도주하는 과정에 천황을 비롯한 수천 명의 추격대와 싸우다가 부상을 당했던 것이다.

화운룡은 연종초 옆으로 다가갔다.

[심해?]

그는 조금 전에 연종초로 인해서 한바탕 소란이 벌어졌었다고 해서 그녀를 홀대하거나 꾸짖지 않았다.

연종초는 화운룡이 옥봉이나 다른 여자들 눈치를 보지 않고 즉시 다가와 준 것에 고마운 표정을 지었다.

천하의 천여황이 이런 자잘한 것에 일희일비할 줄은 꿈에도 상상한 적이 없었다.

아니, 그녀는 자신이 일희일비하고 있다는 사실조차 모르고 있었다.

[부상 때문에 지금으로썬 원래 공력의 절반밖에 사용할 수가 없어요.]

그녀의 대답에 화운룡은 미간을 찌푸렸다.

이들 중에서 아무래도 연종초가 가장 고강하거나 아니면 화운룡과 비슷한 수준일 텐데, 그녀가 평소의 절반 수준이라면 전력에 막대한 지장이 생기는 것이다.

화운룡이 옥봉을 보며 조용히 말했다.

"봉애, 종초가 다쳤으니 치료를 해야겠어."

옥봉은 급히 연종초에게 다가와서 걱정스러운 표정으로 그녀를 살펴보았다.

"어디를 얼마나 다친 건가요?"

연종초는 옥봉의 진심 어린 표정을 보고는 가슴이 울컥하며 따스해지는 것을 느꼈다.

여덟 살 어린 나이에 연신가의 가주가 되어 칠십여 년을 살다가 과거로 회귀한 그녀는 가족애라는 것을 단 한 번도 느껴본 적이 없었다.

아니, 세상에 그런 것이 존재하는지도 몰랐었다.

그런데 전혀 뜻하지도 기대하지도 않았던 이런 곳에서 생전처음 가족애를 느끼고는 가슴이 먹먹해졌다.

이번에는 항아가 가까이 다가와서 연종초의 손을 잡고 걱정스럽게 말했다.

"나한테 부상국의 질 좋은 약초가 있으니까 그걸 언니의 상처에 바르는 게 좋겠어요."

더구나 항아가 스스럼없이 '언니'라고 부르자 연종초는 갑자기 코끝이 시큰거리고 눈앞이 부예졌다.

화운룡은 연무장 옆 전각의 어느 방으로 연종초를 데리고 들어갔다.

침상에 누운 연종초는 잔잔한 미소를 지었다.

"좋은 사람들이에요."

"그래."

"제가 전혀 모르는 새로운 세계지만 열심히 해볼게요."

침상 옆에 앉은 화운룡은 연종초의 머리를 쓰다듬었다.

"기특하군."

연종초는 흐뭇하게 미소 지었다.

"누가 저에게 기특하다고 칭찬하는 소리가 이렇게 듣기 좋은 줄은 미처 몰랐어요."

화운룡이 연종초의 손목을 잡았다.

"어디를 얼마나 다쳤는지 보자."

"두 사람에게 잘하세요."

"누구 말이냐?"

"정부인과 이부인 말이에요."

화운룡은 눈을 감고 진맥을 시작했다.

"그녀들을 그렇게 부를 거냐?"

"그럼 뭐라고 부르죠?"

"그건 네가 알아서 해야지."

연종초는 화운룡을 살짝 흘기면서 입술을 삐죽거렸다.

"저는 그런 것에 대해서 아무것도 모르잖아요. 서방님이 가르쳐 주세요."

그녀는 그러는 것을 아무도 가르쳐 준 적이 없는데도 방금 화운룡을 살짝 흘기고 입술을 삐죽거렸다는 사실 때문에 제풀에 깜짝 놀랐다.

하지만 그렇게 행동한 것을 후회하지는 않았다. 오히려 그런 행동이 자신의 감정 상태를 대변해 주는 것이라는 생각이 들어서 좋았다.

화운룡이 연종초의 손목을 놓으며 일러주었다.

"그럼 언니라고 해라."

"그녀들이 저보다 나이가 많은가요?"

"나이가 적어도 네가 막내잖아."

연종초는 의아한 표정을 지었다.

"제가 막내라뇨?"

그랬다가 그녀는 뭔가를 깨닫고 고개를 끄떡였다.

"그녀들이 정부인과 이부인이고 제가 삼부인이니까 막내라
는 뜻인가요?"

화운룡은 고개를 끄떡였다.

"똑똑하군. 상처는 가슴과 옆구리, 엉덩이, 허벅지, 그리고
하복부인가? 많이도 다쳤구나."

연종초는 화운룡이 단지 손목을 진맥한 것만으로 상처 부
위를 빠짐없이 알아낸 것에 적잖이 놀랐다.

"서방님은 의술에도 조예가 깊군요?"

"흠……."

화운룡은 턱을 쓰다듬으면서 연종초를 굽어보았다.

"왜 그러죠? 상처가 심해서 천첩이 가망이 없는 건가요? 그
래서 죽는 거예요?"

"아냐. 옷을 벗어야 하는데……."

"……."

연종초는 온몸의 피가 모조리 얼굴로 몰린 것처럼 화끈거렸고 붉어졌다.

"내가 벗길까? 아니면 종초가 벗을래?"

연종초는 아무 말도 하지 못하고 눈을 꼭 감은 채 바르르 떨며 얼굴이 홍시처럼 새빨개졌다.

화운룡은 어이없는 표정을 지었다.

"너 천신국 여황 맞는 거냐?"

"무… 무슨 뜻이죠?"

"여황 정도 되는 사람이 무슨 부끄럼이 이리 많은 거냐?"

연종초는 부끄러운 데다 당황했다.

"여… 여황은 부끄럼이 없어야 하나요?"

"서방님 앞에서는 그래야지."

"당신……."

그녀는 누운 채 눈을 하얗게 흘겼다.

"세상에 어떤 여자가 옷을 벗으란다고 막 벗나요? 아무리 서방님 앞이라고 해도 그건 무리예요."

그때 문이 열리고 옥봉과 항아가 들어와서 염려하는 표정으로 물었다.

"심각한 부상이에요?"

연종초는 급히 일어나 앉았다. 천여황이 스스로 서열 삼 위라는 사실을 인정하는 순간이다.

화운룡이 뒤쪽의 항아에게 말했다.

"치메 쨩, 문 닫아라."

항아가 문을 닫자 화운룡이 느닷없이 두 여자에게 명령했다.

"둘 다 옷 벗어라. 속곳까지 모두."

옥봉과 항아는 깜짝 놀라는 표정을 지었으나 곧 부스럭거리면서 옷을 벗기 시작했다.

연종초는 그 광경을 보며 앉은 자리에서 엉덩이가 침상에서 한 뼘이나 떠오를 정도로 크게 놀랐다.

그녀가 놀라고 당황해서 어쩔 줄 모르는 사이에 옥봉과 항아는 옷을 모두 벗고 나신이 되어 나란히 섰다.

그녀들은 수줍어했지만 손으로 몸을 가리거나 돌아서지 않았고 그윽한 눈으로 화운룡을 바라보았다.

연종초는 눈을 커다랗게 뜨고는 백옥을 정성껏 깎아서 다듬은 듯 완벽한 몸매의 두 여자를 바라보았다.

두 여자의 나신은 스스로 빛을 뿜어내고 있는 발광체처럼 눈부시게 아름다웠다.

그래서 연종초는 자신의 나신은 그녀들에 미치지 못할 것이라는 생각에 조금 우울해졌다.

화운룡은 그녀들을 가리키며 연종초에게 말했다.

"봉애는 주천왕의 딸로서 이 나라의 공주이고 치메 쨩은 부상국의 소공녀라는 신분이야. 그녀들이 아무 데서나 옷을 벗을 것 같으냐?"

항아가 수줍어서 붉어진 얼굴로 종알거렸다.

"류 니쨩의 명령이 아니고 다른 사람의 말이라면 설사 죽는다고 해도 절대로 벗지 않아요. 오히려 옷을 벗으라고 한 자를 죽여 버리고 말 거예요."

화운룡은 고개를 끄떡였다.

"이리 와라."

옥봉과 항아가 가까이 다가오자 화운룡은 그녀들을 양팔로 포근하게 안아주었다.

"잘했어. 이제 옷을 입고 나가라."

그녀들이 옷을 입고 나가서 문을 닫기를 기다렸다가 화운룡이 연종초에게 다정한 얼굴로 말했다.

"이제 옷을 벗을 거냐?"

연종초는 화운룡을 한 번 바라보더니 눈을 내리깔았다.

"벗을게요."

그녀의 긴 속눈썹이 무척이나 우아하다.

화운룡이 몸을 돌렸다.

"다 벗으면 침상에 누워서 이불을 덮고 나를 불러라."

"돌아서지 말아요."

화운룡은 돌아서려다가 멈추었고, 연종초가 눈을 내리깔고

긴 속눈썹을 가늘게 떨면서 말했다.

"조금 전에 두 분 언니가 옷을 벗을 때 서방님은 돌아서서 외면하지 않았잖아요. 그러니까 제가 옷을 벗을 때에도 돌아서지 마세요."

"알았다."

연종초는 조금 전에 옥봉과 항아가 화운룡의 명령 한마디에 일말의 망설임도 없이 옷을 모두 벗고 나신이 되는 광경을 보고 큰 깨달음을 얻었다.

예전의 연종초 같았으면 자신이 남자를 사랑하게 된다는 것은 상상조차 하지 못할 일이었다.

그런데 지금 그녀는 화운룡 없이는, 그리고 그를 떠나서는 절대로 살 수 없는 여자가 되었다.

그리고 화운룡의 명령 한마디에 즉각 옷을 벗는 두 명의 부인을 무조건 본받으려고 성심성의껏 노력하는 순종적인 여자 삼부인이 된 것이다.

나신이 되어 침상에 반듯하게 누워 있는 연종초를 굽어보는 화운룡의 미간이 좁아졌다.

"이런 몸으로 어떻게 견디고 있었지?"

누워 있는 연종초의 가슴과 옆구리, 하복부, 허벅지에는 흰 천이 감겨 있었는데 그걸 모두 풀었더니 참혹한 몰골이 적나라하게 드러난 것이다.

지혈과 치료를 해서 피는 흐르지 않지만 찔리고 베이고 잘라진 상처들이 끔찍했다.

"미안해요."

"뭐가 미안한데?"

"그냥……."

"이 밥통아! 이 정도 중상이면 움직이지 말고 누워서 치료에만 전념했어야지!"

연종초는 화운룡에게 혼나고 있는데 이상하게도 가슴이 따스해졌다.

"누가 치료한 거지?"

"손이 닿는 곳은 제가 했고 보이지 않는 부위는 우호법이 치료했어요."

우호법 백호천제 연본교는 화운룡이 잠혼백령술로 심지를 제압하여 실토를 받아낸 이후에 방치해 놓고 있다.

"공력으로 내상을 다스리고 외상은 약을 발랐기 때문에 아물고 있는 중이에요."

화운룡은 그녀의 가슴의 상처를 굽어보았다. 검이 오른쪽 가슴을 깊게 찔렀다가 뽑으면서 뿌리친 듯한 상처인데 유방 위 부위라서 그녀가 서 있거나 몸을 곧추세우고 있는 동안 유방의 무게 때문에 상처가 벌어져서 빨간 속살이 드러나 매우 끔찍하게 보였다.

"절반뿐인 공력이지만 흑천성군과 싸울 힘은 충분하니까 염려하지 말아요."

"그걸 걱정하는 게 아니다."

"그럼……."

"네가 아프잖아."

"……."

화운룡은 커다란 손으로 연종초의 가슴을 덮고 명천신기를 운용하여 치료를 시작했다.

츠으으…….

그의 손바닥과 유방 사이에서 흐릿한 운무가 피어났다.

연종초는 화운룡이 공력으로 자신의 상처를 치료하는 것이라고 짐작했다.

그러나 그런 방법은 연종초도 계속해서 사용해 오고 있는 중이며 아무리 초극고수라고 해도 이 정도 상처가 완치되려면 반년은 족히 소요될 것이다.

그런데 연종초는 그보다는 화운룡이 커다란 손으로 자신의 가슴을 온통 덮고 있는 것에 온 신경이 쓰였다.

그는 큰 동작은 취하지 않고 커다란 손으로 부드럽게 가슴 윗부분의 상처를 쓰다듬었다.

'아…….'

연종초는 가슴이 따스해지고 마음이 훈훈해지는 것을 느끼고 살며시 눈을 감았다.

그러자 몹시 기분이 좋아지기 시작했는데 그녀는 그 이유가 화운룡이 가슴을 부드럽게 만져주는 것 때문이라고 생각했다.

그러나 사실은 명천신기가 상처 부위로 스며들어 치료하는 덕분이다.

슥…….

그때 화운룡이 가슴에서 손을 떼자 그녀는 흠칫하며 즉시 눈을 떴다.

가슴에서 그의 손이 떨어졌는데도 그녀는 여전히 가슴이 따스하고 편안한 것을 느꼈다.

그의 손이 이번에는 옆구리의 상처를 덮고는 천천히 부드럽게 어루만졌다.

옆구리의 상처는 무척 깊은 데다 내장을 심하게 다쳤기에 꽤나 고통스러웠는데 그가 상처를 어루만지기 시작하자 놀랍게도 고통이 씻은 듯이 사라졌다.

*　　　　　*　　　　　*

치료를 시작한 지 일각 정도가 지났다.

연종초는 줄곧 누운 채 눈을 감고 있어서 자신의 상처가 치료되고 있는지 어떤지 모르고 있다.

하지만 그녀는 심신이 매우 편안하고 점점 상쾌해지고 있는 것을 느꼈다.

화운룡은 연종초의 마지막 상처인 엉덩이와 허벅지를 치료하고 있는 중이다.

그 상처는 하나인데 애매하게 서로 연결되어 있어서 두 개의 상처인 것처럼 보였다.

불금산 용황락에서의 싸움에서 연종초가 몸을 회전시키면서 허공으로 솟구쳐 오를 때 아래쪽에서 검이 그녀의 엉덩이와 허벅지를 찔렀는데, 회전하고 있던 중이라서 상처가 엉덩이에서 허벅지 안쪽으로 이어졌던 것이다.

슥—

"……."

그때 화운룡이 누워 있던 연종초의 몸을 잡아서 치료하기 좋은 자세를 잡아주자 그녀는 가볍게 놀라 눈을 떴다.

그녀의 몸은 세로로 눕혀졌으며 상처가 없는 위쪽 다리를 들어 화운룡의 어깨에 얹었다.

들어 올린 다리의 반대쪽 엉덩이에서 안쪽 허벅지로 이어지는 상처를 치료하려면 이렇게 할 수밖에 없다.

연종초도 그런 사실을 잘 알고 있었다. 실제 그녀도 직접

이 상처를 치료할 때마다 애를 먹었었다.

하지만 여자로서, 더구나 연종초 같은 여자가 이런 자세를 취하고 있는 것은 부끄럽기 짝이 없는 일이다.

슥…….

그때 화운룡의 커다란 손이 상처를 덮고 쓰다듬자 그녀는 눈을 질끈 감았다.

곧 이어서 상처를 통해서 따스하면서도 부드러운 기운이 샘물처럼 스며들자 그녀는 기분이 몽롱해져서 자신도 모르게 신음 소리를 냈다.

"아아……."

치료가 끝나고 화운룡이 몸을 일으켰다.

"끝났으니까 일어나 앉아서 운공을 해봐."

그러나 연종초는 일어나지 않은 채 눈을 반만 뜨고 혼곤한 표정을 지었다.

"이미 해봤어요. 상처들이 깨끗하게 완치되어 원래 공력을 회복했더군요."

화운룡은 빙그레 미소 지으며 연종초를 일으켜서 앉혀주었다.

"우호법을 치료해서 흑천성군과의 싸움에 투입할까 하는데 종초 생각은 어때?"

연종초는 앉아서 얼마 전까지 상처가 있었던 부위들을 이리저리 둘러보며 대답했다.

"좋을 대로 하세요."

연본교를 싸움에 투입하면 도움이 될 것이다.

화운룡은 연본교에게서 새로운 사실 몇 가지를 알아냈으나 지금은 흑천성군을 상대하는 것이 급선무라서 그것에 대해서는 나중에 의논하기로 했다.

결과적으로 말하면 연본교는 연종초를 배신하지 않았다. 다만 매우 중요한 사실을 처음부터 알고 있었으면서도 연종초에게 말하지 않은 죄를 지었다.

그래서 그것 때문에 연종초의 노여움을 샀으며 현재는 골방에 방치되어 있다.

연종초는 그윽하게 화운룡을 바라보다가 뼈가 없는 것처럼 화운룡에게 가만히 안겼다.

"서방님."

그녀 입에서 애교 가득한 콧소리가 흘러나왔다. 누가 가르쳐 주지 않아도 이제 때에 따라서 잘하고 있는 그녀다.

화운룡은 그녀의 등을 부드럽게 쓰다듬었다.

연종초는 그의 가슴에 뺨을 묻고 뜨거운 입김을 뿜으면서 속삭였다.

"중원 천하를 제패했을 때보다 서방님의 따뜻한 말 한마디를 듣는 것이 더 기뻐요."

"그래?"

"더구나 중원 천하는 한 번밖에 제패할 수가 없지만 서방님께는 앞으로 따뜻하고도 달콤한 말을 수없이 듣게 될 테고, 또 그보다 더 기쁜 일들이 많이 일어날 테니까 생각만 해도 행복해요."

"그런 걸 깨닫다니 기특하구나."

연종초는 화운룡에게 기특하다고 칭찬받는 것마저도 행복해서 눈물이 날 지경이다.

"사랑해요."

"안다."

"그럼 확인시켜 주세요."

"음? 어떻게?"

연종초가 화운룡을 잡아당겨서 안으며 침상에 쓰러졌다.

화운룡은 그녀 위에서 엎드린 자세가 되었다.

연종초는 속눈썹을 바르르 떨었다.

"사랑해 주세요."

"지금 여기서?"

"네. 천첩은 이 년 동안이나 서방님을 기다렸기 때문에 숨이 끊어지기 직전이에요."

그렇기 때문에 그녀가 이렇게 행동하는 것이 즉흥적이 아니라는 뜻이다.

*   *   *

화운룡과 연종초는 나란히 서 있고 그 앞의 침상에 연본교가 걸터앉아 있다.

파파파팍…….

화운룡은 움직이지 않은 채 무형지기를 발출하여 연본교의 잠혼백령술을 풀어주었다.

"음…….."

즉시 제정신이 돌아온 연본교는 눈앞에 나란히 서 있는 화운룡과 연종초를 발견하고는 화들짝 놀라며 퉁기듯이 벌떡 일어섰다.

"앗!"

"앉아라."

반사적으로 공격할 태세를 갖춘 연본교는 연종초의 차분한 말에 움찔 몸이 굳더니 잠시 후 침상에 걸터앉아 상체를 꼿꼿하게 폈다.

연본교는 정중한 자세를 취하고 있지만 아까 자신이 화운룡을 두 번이나 공격했다가 도리어 부상을 입었던 일을 생생하게 기억하고 있으므로 가시방석에 앉은 것 같았다.

그렇지만 그때 화운룡에게 제압됐던 이후부터 조금 전 혈도가 풀릴 때까지 얼마나 시간이 흘렀는지, 그리고 그사이에 무슨 일이 있었는지 하나도 기억나지 않았다. 하지만 그걸 물어볼 입장이 아니다.

연종초가 조용히 말했다.

"서방님께서 네 심지를 제압해서 네가 감추고 있던 일들을 모두 실토하게 만드셨다."

"……."

소스라치게 놀란 연본교의 눈과 입이 커다랗게 벌어졌다.

"내 어머니가 죽지 않고 살아 있다는 것, 천신모가 어머니인데 미래에서 나보다 칠 년 늦게 과거로 왔다는 것, 그동안 천신모가 연신가의 장로들 뒤에서 장로 회의를 주무르며 나를 조종하고 있었다는 것, 천신대계 이후에 천신모는 내가 중원천하를 평화롭게 다스리는 것이 못마땅해서 좌호법 연조음에게 나를 죽이고 여황이 되라고 부추겼다는 것 등을 다 알게 되었다."

"폐하……."

연본교는 사색이 되어 부르르 몸을 떨었다. 하지만 그녀는 자신이 언제 그런 사실을 말했는지 전혀 기억이 나지 않았다.

연종초의 차가운 말이 이어졌다.

"천신모는 친딸인 나의 생사 같은 것은 아랑곳하지 않고 그저 천하를 피로 씻을 생각만 한 것이지."

화운룡이 조용한 목소리로 자신의 생각을 말했다.

"천신모는 처음부터 너를 이용만 하고 제거할 생각이었던 것 같다."

연종초는 흠칫 놀랐다.

"그런가요?"

"잘 생각해 봐라. 오십일 년 후 네가 칠십팔 세 때 천신모는 백 세가 훨씬 넘었는데도 살아 있었어."

연종초는 진지한 얼굴로 들었다.

"천신모는 자신이 과거로 회귀할 능력이나 방법이 없으니까 너를 대신 보냈던 거야. 자신에게 그런 능력이 있었다면 자신이 직접 과거로 회귀했겠지."

"그랬겠죠."

연종초는 고개를 끄떡였다.

"천신모는 너를 과거로 보내놓고서도 너를 뒤따라오기 위해서 부단히 노력했을 거야. 그녀가 칠 년 후에 과거로 온 것이 바로 그 증거지. 천신모는 어째서 자신이 살아 있다는 사실과 과거로 왔다는 사실을 너에게 숨겼을까? 끝까지 죽은 체 숨어서 너를 조종하기 위해서였겠지."

연종초는 씁쓸한 얼굴로 고개를 끄떡였다.

"그런 것 같군요."

연종초는 연본교에게 담담한 얼굴로 말했다.

"네가 천신모의 회유를 받고서도 나를 배신하지 않은 것을 알고 있다. 하지만 너는 천신모의 존재와 연조음이 배신할 것이라는 사실을 미리 내게 말하지 않았으므로 배신한 것이나 다름이 없다."

연본교는 당황해서 어쩔 줄 몰랐다.

"폐하……."

연종초는 듣기 싫다는 듯 손을 저었다.

"지금부터 말하는 것은 내가 아닌 서방님의 뜻이다. 서방님께선 너를 용서해서 우리와 같이 혹천성군과 싸우자고 하시는데 네 생각은 어떠냐?"

연본교는 깜짝 놀라더니 급히 바닥에 무릎을 꿇고 이마를 조아렸다.

"감사합니다!"

연종초는 아미를 찌푸리고 냉랭하게 말했다.

"감사는 서방님께 해라."

연본교는 화운룡에게 방향을 틀어 다시 절했다.

"감사합니다! 목숨을 바쳐서 싸우겠습니다!"

화운룡이 무형잠력으로 일으켜 주자 연본교는 움찔 놀랐다.

"이제 치료하자."

"아⋯⋯."

연본교는 크게 당황했다.

"괜찮습니다. 제가 하겠습니다."

연종초가 꾸짖듯 명령했다.

"상의를 벗어라."

연본교는 움찔 놀랐으나 즉시 상의를 벗었다.

눈처럼 희며 적당하게 살이 붙은 삼십삼 세의 성숙한 상체가 드러났다.

그녀가 하고 있는 작은 가슴 가리개 윗부분에 엄지손가락 굵기의 구멍이 뚫렸고 그곳에서 흐른 피가 가슴 가리개 전체에 보기 싫게 엉겨 붙어 있었다.

"그것도 벗어라."

연종초의 가차 없는 명령에 연본교는 움찔 가볍게 몸을 떨고는 그녀를 바라보았다.

"곧 흑천성군이 들이닥칠 텐데 나하고 서방님께서 언제까지 너 때문에 여기에 있어야 하겠느냐?"

연본교는 움찔 놀라서 급히 가슴 가리개를 풀었다.

가슴을 고스란히 드러낸 연본교의 눈동자가 마구 흔들리더니 결국 눈을 내리깔았다.

그녀의 오른쪽 가슴 바로 윗부분을 관통한 것은 화운룡의 여의칠천 중에 여의삼천 여의천궁이었다.

그녀는 가슴에서 등까지 깨끗하게 관통되었으며 폐에도 구멍이 뚫려서 많은 피를 흘린 상태로 오랫동안 방치되었기에 공력이 거의 흩어진 것은 말할 것도 없으며, 이대로 두었다간 생명을 잃게 될 상황이다.

슥…….

"아……."

화운룡이 오른 손바닥을 펼쳐서 가슴을 덮자 연본교는 반사적으로 움찔 놀라 나직한 탄성을 토했다.

이어서 그는 왼손을 펼쳐서 연본교의 등 쪽 상처를 덮고 양손으로 명천신기를 주입했다.

상처를 더 빠르게 치료하기 위해서는 상처 부위를 주무르고 쓰다듬어야 하지만 연본교는 그럴 수가 없어서 그대로 두 손바닥만 대고 있었다.

그걸 보고 연종초가 의아한 듯 물었다.

"서방님, 상처 부위를 부드럽게 주무르고 쓰다듬어야지만 진기가 더 원활하게 주입되어 높은 효과를 볼 수 있는 것이 아닌가요? 천첩은 그렇게 해주셨잖아요?"

화운룡은 어정쩡하게 고개를 끄떡였다.

"음, 그건 그래."

"그럼 우호법도 그렇게 해주세요. 시간이 없어요. 빨리 끝내야죠."

연본교는 화들짝 놀랐지만 연종초의 말이라서 감히 아무 대꾸도 하지 못했다.

"빨리요. 시간 없어요."

"아… 알았어."

화운룡은 어정쩡하게 대답하고는 연종초 말대로 연본교의 상처 부위를 쓰다듬고 주무르면서 치료했다.

연종초가 이렇게 서두르는 것은 아까 화운룡하고 사랑을 나누느라 시간을 많이 허비했기 때문이다.

화운룡은 여자들을 모아놓고 양체합일법 구결에 대해서 자세히 설명해 주었다.

양체합일법을 가장 먼저 이해한 사람은 옥봉과 연종초인데 과연 천재 소리를 들을 만하다.

"저는 우호법과 양체합일하겠어요."

옥봉은 명림의 손을 잡으며 말했다. 예전 비룡은월문 운룡 재 시절의 명림은 지위가 우호법이었기 때문에 옥봉은 그 호칭이 입에 배어 지금도 그녀를 그렇게 부른다.

옥봉은 자신과 자봉의 무공이 화운룡과 연종초를 제외한 이들 무리 중에서 선두에 꼽히기 때문에 될 수 있으면 무공이 약한 사람과 양체합일을 하여 형평을 맞추려는 것이다.

옥봉이 자신을 선택하자 명림은 기뻐서 얼른 그녀를 두 팔로 꼭 안았다.

명림의 공력은 이백오십 년 수준이므로 옥봉의 공력 사백 팔십 년과 양체합일하면 칠백삼십 년 수준이 된다.

자봉이 둘러보다가 손설효를 선택했다.

"용공, 저는 이 사람과 하겠어요."

자봉은 화운룡의 측근들 중에서 공력이 가장 높은 오백 년 수준인데 손설효가 가장 낮은 이백삼십 년이라는 것을 한눈에 간파하고 선택한 것이다.

선봉과 한봉, 화운룡의 제자들끼리 양체합일하기로 했는데 두 사람의 공력을 합하면 육백팔십 년 수준이다.

부상국 사람인 항아는 중원 무림의 공력하고는 융화할 수 없는 명적이라는 것을 갖고 있어서 다른 사람과 양체합일하지 않고 혼자 싸우겠다고 했다.

연종초는 화운룡과 한 몸이 되기를 빌었지만 현실적으로 불가능한 일이다.

화운룡이 연종초를 치료하면서 확인했을 때 그녀는 화경에 이르러 있었으며 굳이 공력으로 논한다면 칠백 년 정도의 가공한 수준이었다.

그처럼 엄청난 수준의 연종초가 역시 막강한 화운룡과 양체합일한다면 공력으로만 천오백여 년 수준이라서 과유불급 상태가 돼버린다.

　말하자면 공력이 지나치게 높아서 다스리지 못하는 상태라는 얘기다.

　그래서 결국 연종초는 제자인 연군풍과 한 몸이 되기로 하고, 화운룡은 연본교와 한 묶음이 되기로 했다.

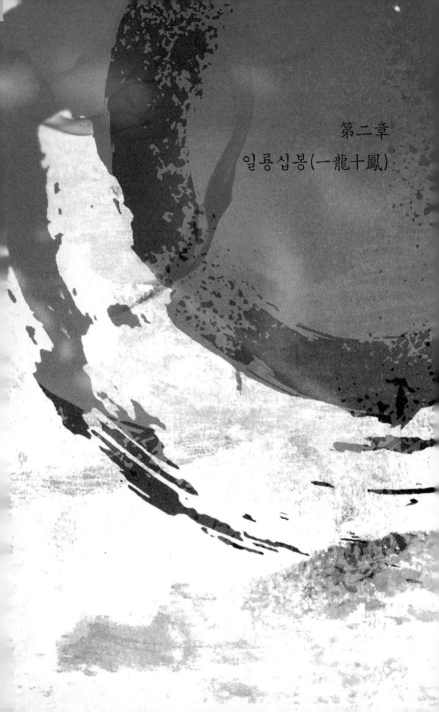

第二章

일룡십봉(一龍十鳳)

　양체합일을 이룬 화운룡과 연본교, 옥봉과 명림, 자봉과 손설효, 선봉과 한봉, 연종초와 연군풍 다섯 쌍은 서로의 몸을 튼튼한 밧줄로 칭칭 묶었다.

　한 조가 된 두 사람 중에서 무공이 약한 사람이 앞에 서고, 고강한 사람이 뒤에서 같은 방향을 보고 밀착하는 자세가 되었다.

　즉, 한 조가 된 옥봉과 명림은 명림 등에 옥봉이 몸의 앞면을 밀착시키는 자세다.

　서로 등을 붙이면 행동이 원활하지 않을 뿐더러 두 사람의 공력이 하나로 합쳐지기가 어려워서 양체합일을 하는 의미가 없는 것이다.

또다시 부상인자의 전서구가 도착했는데 천 명의 흑천성군이 십 리까지 접근하고 있는 중이라고 했다.

화운룡은 흑천성군을 끌어 들여서 싸울 장소로 정한 대연무장 옆의 전각 안 대전에서 마지막 작전을 짰다.

그는 앞쪽에 양체합일을 한 모습으로 늘어서 있는 사람들을 보며 가라앉은 목소리로 말했다.

"우리는 천 명의 흑천성군에 대해서 아는 것이 전혀 없기 때문에 예측 가능한 범위 안에서 한 가지를 내 나름대로 생각해 보았다."

네 쌍의 조와 항아는 긴장한 표정으로 눈도 깜빡이지 않고 화운룡을 주시했다.

"그래서 얻은 결론인데, 놈들이 도검불침(刀劍不侵)일 것이라는 게 내 예상이다."

순간 옥봉과 연종초를 비롯한 모두의 얼굴이 놀라움으로 물들었다가 다시 긴장으로 팽팽해졌다.

흑천성군을 만든다는 흑천성록에는 세 가지 무공과 하늘에서 내렸다는 군사를 양성하는 비법이 적혀 있다.

세 가지 무공을 완벽하게 연마하고 흑천성록의 비법대로 양성된 군사가 바로 흑천성군이다.

그런데 화운룡은 흑천성군이 익힌 세 가지 무공 중에 하나가 도검불침 즉, 칼로 찌르거나 벨 수 없는 금강불괴지신일 것이라고 짐작한 것이다.

옥봉은 물론이고 연종초를 비롯한 모두들 흑천성군에 대한 설명을 듣고 나서 그들이 배운 세 가지 무공을 추측했었지만 아무도 도검불침을 떠올리지는 않았었다.

모두들 공격적인 무공에 대해서만 머리 아프게 궁리했기 때문이다.

그렇지만 화운룡의 말을 듣고 보니까 과연 그럴 법했다. 아니, 흑천성군이 무적불패라면 세 가지 무공 중에 하나가 반드시 도검불침일 것이라는 생각이 들었다.

"도검불침을 파훼할 수 있는 사람 있는가?"

"서방님, 천첩은 할 줄 압니다."

연종초 한 사람만 살짝 손을 들었다가 내렸다. 그녀라면 도검불침을 파훼할 수 있다고 해도 하나도 이상하지 않다.

다들 조용하게 침묵을 지키는데 항아가 눈을 초롱초롱 빛내면서 물었다.

"도검불침이라는 것이 쇳덩어리보다 강한가요? 저는 칼로 허벅지 두께의 쇠를 자를 수 있어요."

화운룡은 빙그레 미소 지으면서 고개를 끄떡였다.

"그러면 됐다."

손설효와 조를 이룬 자봉이 궁금한 표정을 지으며 물었다.

"용공께서 가르쳐 주시는 수법을 전개하면 도검불침을 파훼할 수 있나요?"

"오백 년 공력이면 가능하다."

"그럼 우린 다 가능하겠군요."

화운룡이 진지하게 설명했다.

"내가 가르쳐 주려는 것은 여의관천(如意貫穿)이다. 종초와 치매 쌍을 제외하고 다들 이리 모여라."

연종초와 한 조가 된 연군풍, 그리고 항아를 제외한 세 개조가 화운룡에게 모여들었다.

화운룡은 양팔을 뻗었다.

"이제부터 여의관천을 일 년 이상 연마한 경험을 너희들에게 주입할 것이다."

여섯 명의 여자들 눈이 반짝거렸다.

"최대한 가깝게 모여라. 나나 본교하고 몸이 닿아야 한다."

화운룡은 연본교와 조를 이루어 밧줄로 칭칭 묶여 있는 상태라서 여섯 여자는 최대한 안쪽으로 모여들었다.

화운룡은 그녀들을 양팔로 한껏 그러안았다.

"머리와 단전을 비롯한 온몸을 열고 내가 주입하는 것을 받아들여라."

여섯 여자뿐만 아니라 연본교마저도 화운룡이 시키는 대로 온몸을 열고 최대한 힘을 뺐다.

화운룡은 대연무장 한가운데에 각각 오 장에서 팔 장까지의 거리 동서남북 네 방향에 네 개 조를 세우고 복판에 자신이 섰다.

"지금 너희들이 있는 서 있는 곳에 소명계(小冥界)라는 것을 쳐놓았다. 그 안으로 들어가면 밖에서 안이 보이지 않으며 너희 말고는 아무도 빠져나가지 못한다."

여덟 명은 신기한 표정을 지으며 자신들이 서 있는 주위를 둘러보았지만 그저 평평한 땅만 보일 뿐이지 별다른 특이점이 없었다.

화운룡이 예전에 비룡은월문이 있는 백암도 전체에 펼쳤던 명계라는 것을 최소 단위로 작게 펼친 것이 소명계다.

"소명계의 크기는 지름 이 장 반이다. 될 수 있는 대로 적을 한 명씩 소명계 안쪽으로 끌어 들여서 죽이고 시체를 밖으로 끌어낸 후에 또 다른 놈을 끌어 들여서 죽여라."

모두의 표정이 더없이 진지했다.

"두 개나 세 개, 그보다 더 많은 소명계가 서로 협조하여 이명계, 삼명계, 사명계, 오명계를 만들 수도 있다. 시기적절하게 다른 조와 협력하여 소명계를 만들고 그 안으로 원하는 수만큼의 적을 끌어 들여서 섬멸해라."

이어서 화운룡은 소명계를 합쳤다가 분리하는 방법에 대해서 설명해 주었다.

야말과 굴락은 가루라를 타고 한 가지 임무를 수행하기 위해서 모처에 은신해 있다.

화운룡과 열 명의 여자만으로 천 명의 흑천성군과 싸우게 될 것이다.

항아가 부상인자들과 부상무사 만 오천 명을 총동원하여 외곽에서 흑천성군을 공격하자고 제의하는 것을 화운룡이 일언지하에 거절했다.

흑천성군이 얼마나 강한지 모르는 상황에서 부상인자와 부상무사들을 투입하는 것은 무모한 행동이다.

어쩌면 부상인자와 부상무사들이 흑천성군을 어느 정도 죽여줄지도 모른다.

그러나 십중팔구 그 대가로 부상인자와 부상무사 만 오천 명은 전멸당하고 말 것이다.

화운룡을 비롯한 일남십녀는 대연무장 한가운데 모여서 곧 들이닥칠 흑천성군을 기다리고 있다.

연본교는 아까 화운룡이 가슴의 상처를 치료해 줄 때부터 지금껏 한마디도 하지 않고 있다.

화운룡과 연본교가 양체합일을 하게 된 것은 어쩌다 보니까 이렇게 된 것이지 어느 누구의 뜻도 아니다.

갑자기 대연무장 북서쪽 하늘이 어두컴컴해지기 시작했다.

대연무장 자신의 소명계 안에 서 있는 화운룡 일행은 일제히 북서쪽 하늘을 쳐다보았다.

그러고는 잠깐 사이에 북서쪽 하늘이 소나기가 쏟아지기 직전처럼 몹시 컴컴하게 변했다.

화운룡은 하늘에 떠 있는 천여 명의 검은 인영들이 마치 먹구름처럼 하늘을 뒤덮고 있는 것을 보았다.

[흑천성군이 지척에 이를 때까지 반격하지 마라.]

화운룡의 이어전성을 듣고 모두의 얼굴에 극도의 긴장이 팽팽하게 떠올랐다.

하늘을 온통 뒤덮은 거대한 먹구름이 바람이 흐르듯이 점점 대연무장 쪽으로 이동하고 있다.

화운룡의 이어전성이 모두에게 전해졌다.

[저놈들 눈에는 우리가 보이지 않으니까 연무장에 내려설 때까지 움직이지 마라.]

화운룡을 비롯한 열한 명을 가려줄 건물이나 나무는커녕 풀 한 포기 엄폐물조차 없는 허허벌판 연무장인데도, 흑천성군 눈에는 자신들이 보이지 않는다는 말을 믿지 않는 사람은 아무도 없다.

쏴아아…….

거대한 먹구름이 백여 장까지 접근하자 마치 숲속에서 흐르는 잔잔한 바람 소리 같은 것이 들렸다.

그리고 칠흑 같은 흑의에 새카만 견폐(肩蔽: 망토)를 걸친 자들이 하늘에 엎드린 자세로 떠서 서서히 다가오고 있는 광경이 선명하게 드러났다.

흑천성군이 마침내 출현한 것이다.

화운룡은 가장 선두의 흑천성군 한 명의 모습을 빠르게 살펴보았다.

흑의에 견폐만 걸친 것이 아니라 머리에 투구까지 쓰고 있는 모습이다.

눈과 콧등, 양 뺨과 귀까지 덮은 복면에 가까운 투구인데 색이 칠흑처럼 검다.

도검으로 잘려지거나 뚫리지 않는다는 오금철(烏金鐵)으로 만든 것 같았다.

그 외에 다른 점은 없는 것 같다. 아니, 있다. 걸치고 있는 견폐가 펄럭일 때 살짝 보인 것은 양쪽 어깨에 메고 있는 두 개의 검고 둥근 막대다.

'창과 활인가?'

견폐가 펄럭일 때 잠깐 봤지만 두 개의 막대는 길이가 고작한 자 남짓이고 어린아이 손목 정도의 굵기다.

그것만으로는 아무짝에도 쓸모가 없는 물건이다. 그 막대를 변형시켜서 창이나 활로 만들어야 비로소 무기라고 할 수 있을 것이다.

먹구름이 대연무장 북서쪽 가장자리에 이르렀을 때 갑자기 먹구름이 비스듬히 아래로 기울어지는 것 같더니 흑우(黑雨) 검은 비가 쏟아졌다.

쏴아아아…….

흑천성군 천 명이 선두부터 대연무장을 향해 하강하기 시작한 것이다.

그러나 화운룡 일행은 소명계 안에서 꼼짝도 하지 않고 지켜보기만 했다.

얼마나 고강할지 짐작조차 하지 못하는 미지의 적, 그것도 천 명을 상대로 하는 싸움에서 겨우 열한 명이 정공법을 써서는 승리가 불가능하다.

흑천성군이 대연무장으로 날아내리고 있는 것은 여기에 화운룡 등이 있는 것을 보았기 때문이 아니라 비룡은월문에서 이곳이 가장 넓기 때문일 것이다.

화운룡은 하강하고 있는 흑천성군들을 살피면서 옥봉과 연종초 등 모두에게 전음을 보냈다.

[우두머리를 찾아라. 대두령이든 소두령이든 찾아내서 그놈들을 표적으로 삼아야 한다.]

그러자 연종초와 자봉, 옥봉의 전음이 연이어 들렸다.

[서방님! 붉은 투구가 있어요!]

[용공! 청(靑)투구가 몇 개 보여요!]

[용공! 금(金)투구를 봤어요!]

붉은 투구 즉, 홍투구와 청투구, 금투구는 우두머리의 종류일 것이다. 그렇다면 그놈들부터 요절내야 한다.

쏴아아…….

그런데 흑천성군 천 명이 지상에서 오십여 장 높이에서 비스듬히 하강하고 있는 광경이 좀 특이하다.

저들이 먼 거리를 오십여 장 높이 허공에서 줄곧 경공만으로 비행해서 왔을 리는 없다.

그렇게 하려면 화운룡이나 연종초 같은 초극고수여야 가능한 일이다.

흑천성군 천 명이 모두 초극고수일 리가 없다. 하늘이 두 쪽이 나도 그런 일은 있을 수가 없다.

어떻게 천 명의 화운룡과 천 명의 연종초가 존재할 수 있다는 말인가.

'견폐로군.'

화운룡은 흑천성군들이 길게 활강(滑降)하면서 대연무장에 차례대로 내려서는 광경을 보면서 결론을 내렸다.

흑천성군의 견폐는 그냥 견폐가 아니라 날개인 셈이다.

어쩌면 흑천성군이 날 수 있는 능력은 그들이 배운 세 가지 무공 중에 하나일지도 모른다.

'그렇다면 나머지 하나는 두 개의 막대겠군.'

흑천성군의 세 가지 무공 중에 하나는 도검불침이고 또 하나는 날 수 있는 견폐, 그리고 마지막 하나가 두 개의 막대로 펼치는 무공일 것이다.

그때 야말의 전음이 화운룡에게 전해졌다.

[폐하, 비룡은월문 서쪽 성문 위 성루에 한 사람이 서 있는데 좀 더 자세히 살펴본 후에 누군지 보고하겠습니다.]

화운룡은 야말과 굴락더러 가루라를 타고 창공 높이 솟구쳐서 주변 상황을 살피라고 명령했었다.

대연무장에서 서쪽 성문까지는 약 오 리 정도의 거리다.

화운룡은 서쪽 성문을 쳐다보았다. 그런데 전각들에 가려서 보이지 않을 줄 알았던 성문이 보였다.

아니, 성문 위로 불쑥 솟은 성루 지붕에 한 명이 표표히 서 있는 모습까지 손에 잡힐 것처럼 보였다.

서쪽 성문과 이곳 대연무장 사이에 전각이나 누각이 여러 채 지어져 있지만 신기하게도 전각들 사이로 서쪽 성문과 성루가 보이는 것이다.

[종초, 서쪽 성문 위 성루에 서 있는 자가 누군지 알아볼 수 있겠느냐?]

화운룡의 이어전성에 연종초는 서쪽 성문 위 성루를 쳐다보다가 눈이 세모꼴로 좁아졌다.

새카만 흑의경장을 입고 두 눈만 내놓은 검은 복면의 키 큰 인물이 성루 지붕에 서 있다.

'저놈이!'

복면을 쓰고 눈깔만 내놓았지만 눈이 매운 연종초를 속이지는 못했다.

연종초의 열두 명의 제자 중에서 제일제자 즉, 천황일제자인 화리천이었다.

지금 이런 상황에서 대연무장이 한눈에 내려다보이는 성문 위 성루 지붕에 서 있는 인물이 있다면 두말할 것 없이 흑천성군을 암중에 지휘하는 자일 것이다.

그렇다면 화리천은 사부인 연종초를 배신하고 천황파에 붙은 것이 분명하다.

하긴, 천황을 자처하는 좌호법 연조음이 화리천의 모친이니까 그가 연종초를 배신하는 것은 어려운 일이 아니었을 것이다.

[서방님, 천첩이 잡아 올게요.]

[종초야.]

[말씀하세요.]

화운룡은 투명 인간으로 변신하는 은형인 수법을 허공을

격하여 심지공으로 연종초에게 주입시켰다.

[서방님, 이게 뭐예요?]

연종초는 자신의 뇌리에 새겨진 구결과 몸으로 스며들어 수십 번 전개해 본 것 같은 오랜 습성을 되새기면서 물었다.

[은형인이야. 그걸 사용해서 저놈을 잡아.]

연종초는 환한 미소를 지었다.

[서방님, 사랑해요.]

다음 순간 대연무장에서 보이지 않는 잔잔한 미풍 한 줄기가 서쪽 성문을 향해 쏘아갔다.

        *   *   *

혹천성군 천 명은 대연무장에 모두 내려서더니 질서 있게 대열을 맞추어 섰다.

화운룡이 잠시 살펴본 결과 혹천성군 천 명은 이백 명씩 다섯 개의 대로 나뉘어져 있다.

그리고 각 대의 앞쪽에는 금투구를 쓴 자 다섯 명이 서 있는데 그들이 대주(隊主)인 것 같았다.

그리고 오십 명씩 앞에 홍투구가 한 명씩 서 있으며, 각 이십 명씩 앞에 청투구가 서 있다.

그러니까 혹천성군의 총우두머리는 천황일제자인 화리천이

고, 대주는 금투구 다섯 명이며, 그 아래 단주급 홍투구 이십 명, 마지막으로 조장 청투구가 오십 명이다.

화운룡은 옥봉 등에게 이어전성을 보냈다.

[내가 신호를 하면 금투구, 홍투구, 청투구들을 먼저 주살하도록 해라.]

그의 말은 화리천에게 쏘아가고 있는 연종초와 연군풍에게까지 골고루 전해졌다.

그때 선봉이 모두에게 전음을 보냈다.

[사부님, 제 생각인데요.]

[말해봐라.]

[우리는 남자인 사부님 한 분에 여자 열 명, 그래서 모두 열한 명이잖아요.]

[그렇지.]

[그러니까 이제부터 일룡십봉(一龍+鳳)이라고 부르는 것이 어때요?]

[괜찮구나.]

자봉이 짤랑짤랑한 목소리로 끼어들었다.

[일룡십봉 정말 좋아요! 그럼 이제부터 십봉이 차례대로 일룡의 부인이 되는 건가요?]

화운룡이 차분한 목소리로 말했다.

[일룡십봉은 없던 일로 해라.]

화리천은 이어전성 수법으로 대연무장에 있는 다섯 명의 대주들에게 명령을 내리고 있는 중이다.

　연종초는 화리천의 무위가 연군풍과 비슷한 수준인 것으로 알고 있었다.

　화리천이 배신을 하지 않았다면 줄곧 그렇게 생각하고 있었을 것이지만 지금은 생각이 바뀌었다.

　화리천은 모든 것을 철저하게 감추고 있었을 테니까 자신의 무공 수위도 사실대로 드러내지 않았을 것이 분명하다.

　연종초가 등 뒤에 기척 없이 나타났지만 화리천은 전혀 모르고 있었다.

　화리천이 아무리 자신의 무공 수준을 감추고 있었다고 해도 연종초보다는 한참 하수인 것만은 분명하다.

　더구나 지금 연종초는 연군풍과 양체합일을 하여 그녀의 공력까지 합쳐서 사용하고 있으므로 화리천 같은 것은 반초 지적도 되지 않을 터이다.

　[종초야, 그쪽에서 소란을 피워라.]

　그때 화운룡의 이어전성이 연종초에게 전해졌다.

　연종초는 화운룡의 의도를 간파했다. 그녀가 화리천을 제압하면서 소란을 피우면 대연무장에 모여 있는 흑천성군의 주의가 흩어지니까 그 기회에 화운룡과 여자들이 공격을 개시하겠다는 뜻이다.

연종초는 대연무장을 응시하고 있는 화리천 뒤 반 장 거리에 서서 낭랑한 목소리로 꾸짖었다.

"천아! 나를 배신하고 어미를 따르니까 기분이 좋더냐?"

"헛?"

화리천이 움찔 놀라서 급히 몸을 돌리며 벼락같이 쌍장을 뿜어냈다.

그러나 그보다 먼저 연종초의 왼손 일장이 돌아서고 있는 화리천의 가슴 한복판에 작렬했다.

뻑!

"끄억!"

화리천은 몸속의 장기와 내장들이 한꺼번에 으깨어지는 느낌을 받았다.

그렇지만 그는 멀리 퉁겨져서 날아가지 않고 단지 한 걸음 뒤로 물러났다가 풀썩 지푸라기처럼 주저앉았다.

진짜 뜨거운 물에서 김이 나지 않는 것처럼 정말로 강력한 경기는 사람을 날아가게 하지 않는다.

연종초는 방금 일장으로 화리천의 장기와 내장들을 꽁꽁 얼려 버렸다.

얼어버린 장기와 내장들은 으깨어진 것이나 다름이 없는 효과를 가져온다.

화리천은 손가락 하나 까딱할 힘조차 없이 멍한 눈으로 앞을 바라보았다.

스으으…….

그때 그의 눈앞 반 장 거리에 뭔가 아지랑이처럼 일렁거리는 것 같더니 곧 연군풍의 모습이 나타났다.

"으으… 사… 사매……."

화리천의 머릿속이 마구 헝클어졌다. 연군풍은 자신보다 하수인데 그녀의 일장을 맞고 이 지경이 됐다는 사실이 믿어지지 않았다.

더구나 연군풍이 혼자 나타나서 무엇 때문에 자신을 공격한 것인지도 알 길이 없다.

"끄으으… 너… 도대체 어째서……."

너무 큰 충격을 받은 화리천은 조금 전에 사부의 목소리를 들었다는 사실조차도 망각해 버렸다.

연군풍이 측은한 표정으로 화리천을 굽어보았다.

"이놈! 네 어미 년은 어디에 있느냐?"

"으으… 사매……."

"이놈아! 네 눈에는 내가 군풍으로 보이느냐?"

"……."

화리천은 연종초의 호통을 듣고 놀란 표정을 지었다가 연군풍 어깨너머로 연종초의 얼굴을 발견하고는 두 눈을 찢어질 듯이 부릅떴다.

"사… 부님……."

연종초는 더 볼 것도 없다는 듯 이를 갈았다.

"너 같은 놈을 살려둘 필요가 없다."

그녀가 화리천을 일장에 쳐 죽일 것이라고 짐작한 연군풍이 급히 만류했다.

"사부님, 천황의 행방을 알아내야 해요."

무형강기를 발출하려던 연종초는 잠시 가벼운 갈등에 잠겼다가 연군풍의 말이 옳다고 판단했다.

"천황이 아니라 개년이다. 불러봐라, 개년이라고,"

사랑하는 화리천을 간신히 살린 연군풍은 연종초가 시키는 대로 했다.

"네, 개년."

서쪽 성루에서 소란이 벌어지자 흑천성군 백여 명이 그쪽으로 무리 지어 쏘아갔다.

그때 화운룡이 명령했다.

[공격!]

그 순간 대연무장 한가운데 텅 빈 공간에서 느닷없이 여러 개의 빛덩이가 나타났다.

그들은 두 명씩 조를 이룬 화운룡—연본교, 옥봉—명림, 자봉―손설효, 선봉―한봉과 홀몸인 항아다.

그들 네 개 조와 항아는 흑천성군 한가운데의 소명계에 있다가 불쑥 튀어나왔기 때문에 적들을 이리저리 찾아다니는 수고를 할 필요가 없다.

소명계 안에서 극한으로 공력을 끌어 올려 잔뜩 벼르고 있던 그들은 나오자마자 가장 가까이에 있는 흑천성군들을 무차별 공격했다.

파파아앗!

슈카아악!

화운룡과 연본교 조는 공력이 천 년을 넘어가므로 얼마라고 논하는 자체가 무의미한 일이다.

화운룡은 구태여 도검불침을 파훼하는 수법을 전개하지 않고도, 절반으로 부러진 무황검에 공력을 주입하여 휘두르면 그것으로 흑천성군을 수수깡처럼 자를 수가 있다.

카카칵!

"흐억!"

그러나 검강으로 흑천성군을 베는 것은 무리다. 그들은 도검불침일 뿐만 아니라 오금철로 만든 갑옷 오금철갑(烏金鐵甲)을 입고 있었다.

그러므로 먼 거리에서 검강을 전개하면 위력이 떨어지기 때문에 화운룡―연본교 정도라고 해도 일격에 한 명씩밖에 죽일 수가 없다.

그렇기 때문에 무황검으로 직접 흑천성군을 자르고 찌르는 것이 가장 분명한 방법이다.

화운룡—연본교 조는 소명계에서 튀어나와 한 호흡 만에 흑천성군 다섯 명을 죽였다.

카가각!

"끄악!"

"크악!"

무황검이 오금철갑과 도검불침지신을 자르는 음향은 매우 듣기 거북했다.

연본교는 오른손에 검을 움켜쥐고 있지만 아직 한 명의 적도 죽이지 못했다.

화운룡이 워낙 빠르게 빛처럼 움직이고 있는 바람에 적을 제대로 조준할 겨를이 없기 때문이다.

아니, 조준도 조준이지만 화운룡이 펼치는 신기에 그저 넋을 잃어서 적을 죽여야 한다는 사실마저 망각하고 있었다.

연본교는 세상에서 여황인 연종초를 가장 존경하고 있으며 그녀가 천하제일인이라고 믿었다.

그런데 지금 화운룡이 빛처럼 움직이면서 흑천성군을 주살하고 있는 것을 직접 체험하면서 그 생각이 조금 변했다.

그녀가 보기에 화운룡의 무위는 연종초와 맞먹는 수준이

었다.

옥봉—명림의 조와 자봉—손설효 조, 그리고 선봉과 한봉 조는 화운룡이 심지공으로 전수해 준 여의관천의 수법으로 흑천성군을 주살하고 있다.

그녀들 각자는 최초의 흑천성군을 죽이는 과정에 크게 놀라야만 했다.

화운룡이 전수해 준 도검불침지신만 전문으로 파훼하는 여의관천 수법을 발휘하여 검을 전개했지만 예상했던 것처럼 쉽게 적을 죽이지 못했다.

자신들의 검이 흑천성군의 몸뚱이를 자르는 순간 어쩌면 검이 몸을 완전히 자르지 못할 수도 있다는 불길한 생각이 들 정도로 그들의 몸은 단단했다.

어쨌든 그녀들은 소멸계에서 갑자기 튀어나옴으로써 흑천성군의 허를 제대로 찔렀으며 표적으로 삼은 자들의 목을 정확하게 자를 수 있었다.

그런데 두 번째부터는 그게 먹히지 않았다. 그녀들이 첫 번째 표적인 흑천성군의 목을 자르고 두 번째 표적을 찾으려고 했을 때 흑천성군들은 이미 그녀들의 사정거리에서 벗어난 것은 물론 도리어 반격을 개시했다.

그 짧은 촌각의 시간에 표적으로부터 벗어났을 뿐만 아니라 반격까지 가한다는 것은 흑천성군이기에 가능한 일이다.

흑천성군은 무지하게 빨랐지만 그것은 그들이 자랑하는 세 가지 무공에 속하지 않았다.

가장 고강한 자봉—손설효와 옥봉—명림, 그리고 항아가 각각 두 번째 흑천성군을 죽이고 있을 때 주변의 흑천성군들은 그들이 자랑하는 두 번째와 세 번째 무공을 동시에 전개하기 시작했다.

위이잉!

어떻게 하다가 이런 상황이 돼버렸는지도 모르는 사이에 옥봉—명림, 자봉—손설효, 선봉—한봉 조는 흑천성군들이 만들어낸 세 개의 원 안에 갇혀 버렸다.

흑천성군 다섯 명이 하나의 원을 형성하여 옥봉—명림, 자봉—손설효, 선봉—한봉 조를 단단하게 봉쇄했다.

옥봉과 자봉 등은 원형 안에서 빠져나가려고 재빨리 주위를 둘러보았지만 불과 일 장 반 지름의 원형은 뚫고 나갈 조금의 빈틈도 없었다.

다섯 명의 흑천성군이 원을 형성한 채 맹렬한 속도로 회전하고 있는 것이다.

이것이 바로 흑천성군이 자랑하는 두 번째 무공 절대흑천진(絶對黑天陣)이다.

쿠르르릉!

진 안에 갇힌 여섯 명의 여자들은 갑자기 뇌성벽력음이 터지며 주위가 캄캄해지는 것을 느끼고 움찔 놀랐다.

그러고는 아무것도 보이지 않았다. 하늘은 커녕 진을 형성한 채 회전하고 있는 흑천성군도 보이지 않고 그저 온통 칠흑처럼 캄캄할 뿐이다.

스거엉!

그때 이상한 음향이 사방에서 흘렀다. 여섯 여자로서는 그것이 흑천성군의 세 번째 무공이 시작되는 음향이라는 것을 알 수가 없었다.

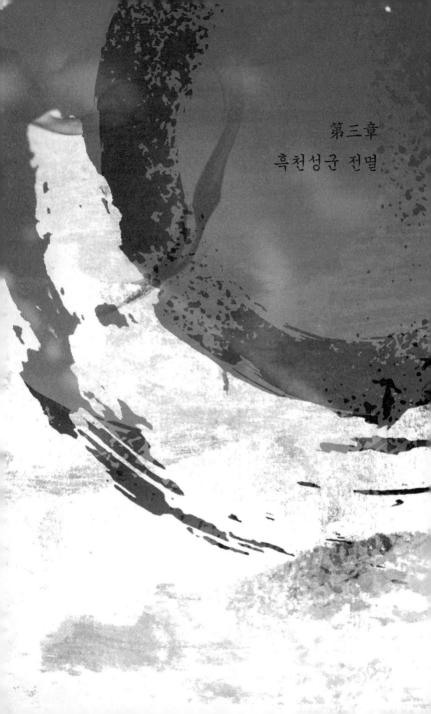

第三章
흑천성군 전멸

절대흑천진을 형성하여 육안으로는 보이지 않을 정도의 빠른 속도로 회전하고 있는 흑천성군은 견폐 아래 양어깨에 메고 있는 두 개의 막대 중에서 하나를 뽑았다.

하나의 진 바깥쪽을 돌고 있는 다섯 명 중에서 세 명은 막대를 뽑아 반원을 그으면서 전방으로 뻗는 동작을 취하는데, 그 과정에 막대가 놀랄 만큼 빠른 속도로 늘어나 한 자루 흑창(黑槍)으로 변했다.

치칭!

한 자 길이의 막대가 찰나지간에 무려 여덟 자 길이의 장창으로 변했으며 그뿐만이 아니라 그대로 초식을 전개하여 진 안의 두 명을 공격해 갔다.

그리고 나머지 두 명의 막대는 그들이 공력을 주입하면서 막대를 비틀자 붉은색의 활로 변했고 어느새 활에는 새빨간 화살이 먹여 있었다.

콰아아앗!

하나의 진 다섯 명의 흑천성군이 창과 화살 공격을 가하는 데 거대한 폭포 소리가 터져 나왔다.

세 자루 창과 발사된 두 자루 혈전은 진 안에 갇혀 있는 두 명의 급소를 향해 정확하게 쏘아갔다.

불과 일 장 반 거리에서 찔러오고 쏘아오는 장창과 혈전을 피한다는 것은 절대 불가능해 보였다.

"솟구쳐!"

자봉이 날카롭게 외치면서 수직으로 솟구치자 옥봉—명림, 선봉—한봉 조도 간발의 차이로 솟구쳤다.

수직으로 솟구쳐서 진에서 빠져나오려는 시도였으나 실패하고 말았다.

여섯 여자가 빠른 속도로 솟구쳤으나 절대흑천진 역시 같은 속도로 솟구치면서 따라왔다.

그뿐 아니라 허공에서도 지상에서와 똑같은 속도로 회전하는 것은 물론 다섯 명이 흑창과 핏빛의 활로 공격을 가해오는 것도 여전했다.

절대흑천진에 갇힌 여섯 명의 여자들은 모두 무극사신공을 극성으로 연마했다.

화운룡이 극성으로 터득한 심득을 전해주었기 때문에 무극사신공이 그녀들의 성명무공이나 다름이 없다.

더구나 칠백삼십 년과 육백팔십 년이라는 어마어마한 공력을 지니고 있으므로 고분고분 당할 리가 없다.

주 공격자인 옥봉과 자봉, 선봉은 물론이고 부공격자 명림과 손설효, 한봉까지 여섯 명은 무극사신공의 백미인 청룡전광검을 맹렬하게 전개하여 흑천성군의 공격을 방어하면서 반격을 가했다.

주 공격자인 옥봉과 자봉, 선봉은 방어를 부공격자인 명림과 손설효, 한봉에게 맡기고 자신들은 흑천성군을 공격하려고 했으나 그게 여의치 않았다.

하나의 진을 형성하고 있는 흑천성군 다섯 명의 공격을 부공격자 한 명이 방어하는 것은 역부족이었다.

더구나 이런 식으로 주 공격자와 부공격자를 나눌 바에는 양체합일을 할 필요가 없다.

두 사람의 공력을 한 사람에게 모아주려고 양체합일을 한 것이지 제각각 따로 놀자고 두 사람 몸을 밧줄로 칭칭 묶은 게 아니라는 얘기다.

쩌꺼꺼겅!

세 개의 진 안에서 굉음이 터졌다.

주 공격자와 부공격자 모두 흑천성군의 공격을 간신히 막고 피하느라 공격은 엄두도 내지 못했다.

또한 흑천성군 다섯 명의 공격을 막아내느라 여섯 명의 여자들은 팔이 떨어져 나갈 것 같고 내장이 크게 격탕했다.

양체합일을 했지만 흑천성군 다섯 명의 합공을 막아내는 것은 결코 쉬운 일이 아니다.

만약 진에서 빠져나가지 못하고 이대로 두 번째 합공을 당한다면 여섯 여자들 중에 두세 명이 다친다고 해도 이상한 일이 아닐 터이다.

그리고 세 개의 진을 만든 흑천성군 열다섯 명의 두 번째 공격이 숨 쉴 틈 없이 이어졌다.

쿠와아앗!

지상의 다른 흑천성군들은 화운룡과 항아를 상대하는 백여 명을 제외하고 전체가 사태를 지켜보며 대기하고 있었다.

[항아!]

[알았어요!]

화운룡이 말과 함께 위로 솟구치자 항아는 그의 다음 말을 듣기도 전에 무슨 뜻인지 알아차리고 거의 동시에 수직으로 솟구쳐 올랐다.

여섯 여자의 세 개의 진은 지상에서 십여 장 높이에 떠 있으며 막 두 번째 공격이 시작되려는 순간이다.

항아는 솟구치는 힘을 빌어서 가문의 보검인 천추신도(千秋神刀)를 아래에서 위로 그었다.

서걱!

"크윽……."

항아는 천추신도로 진 바깥쪽을 빠른 속도로 회전하고 있는 흑천성군 한 명의 사타구니에서부터 뒤통수까지 세로로 그어버렸다.

그녀는 칼이 흑천성군의 머리통을 자르고 투구 밖으로 빠져나오자마자 솟구치기를 멈추고 같은 진의 또 다른 흑천성군 목을 잘랐다.

스걱!

이로써 항아는 혼자서 이미 다섯 명의 흑천성군을 죽였다. 지금 기세로 보면 그녀 혼자서 흑천성군 천 명을 다 죽일 것 같았다.

화운룡이 그녀의 생사현관 타통과 벌모세수, 탈태환골, 그리고 신공체질로의 전환까지 시켜주는 바람에 원래 그녀의 명적보다 세 배나 급증했다.

명적이란 부상국 무술의 공력 같은 것인데 명적의 최고봉은 이십적이고 거기에 도달하면 능히 풍운조화를 일으킬 수 있다고 한다.

중요한 것은 화운룡의 도움으로 항아의 명적이 이십적에 도달했다는 사실이다.

중원 무림의 무공과 부상국의 무술을 단순하게 비교하기는 어려운 일이지만 굳이 따진다면 항아는 거의 연종초 수준이라고 할 수 있다.

후우위잉!

화운룡이 솟구치면서 무황검으로 발출한 청룡전광검 마지막 절초식 파천이 창공을 갈랐다.

천백 년에 달하는 어마어마한 공력이 실린 파천검강은 쏘아 오르면서 세 줄기로 갈라져서 옥봉—명림 조를 가두고 두 번째 공격을 가하려던 다섯 명의 흑천성군 중에 세 명의 몸통을 아래에서 위로 꿰뚫었다.

퍼어억!

"크아악!"

"끄억!"

흑천성군은 사타구니에 오금철갑을 차지도 않았고 도검불침도 아니었기에 파천검강이 그대로 몸통을 세로로 관통하여 정수리와 머리에 쓰고 있는 투구까지 뚫고 머리 위로 피의 기둥을 쏘아 올렸다.

화운룡과 항아의 공격으로 옥봉—명림, 선봉—한봉 두 개

조의 진이 순식간에 와해됐다.

그 순간 옥봉과 선봉이 기다렸다는 듯이 진을 빠져나가면서 공격을 퍼부어 흑천성군 두 명을 죽였다.

[치메 쨩, 나머지 놈들을 죽여라.]

화운룡은 자봉—손설효를 가둔 진으로 쏘아가면서 파천검강을 발출하며 항아에게 이어전성을 보냈다.

그런데 항아는 이미 그의 의도를 간파하고 와해된 두 개 진을 구축했던 흑천성군들을 죽이고 있었다.

큐우웅!

퍼어억!

화운룡이 발출한 파천검강에 세 명의 흑천성군이 적중되어 퉁겨졌다.

그러자 자봉이 나머지 두 명의 흑천성군을 죽이고 밖으로 쏘아 나왔다.

[용공! 고마워요!]

화운룡이 한쪽 방향으로 쏘아가며 명령했다.

[모두 소명계로 가라!]

화운룡을 비롯한 네 개 조와 항아는 급전직하 하강하면서 소명계로 향했다.

쉬이익!

옥봉—명림과 자봉—손설효, 선봉—한봉 조와 항아는 자신

들의 소명계로 내리꽂히면서 흑천성군들 중에 누굴 끌고 들어
갈 것인지 재빨리 주변을 살폈다.

[서방님, 천첩 왔어요.]

그때 화운룡 오른쪽에서 연종초의 나긋나긋한 목소리가 들
렸지만 그녀는 은형인을 전개하고 있는 터라서 모습이 보이지
않았다.

[좋아, 나하고 종초는 밖에서 싸우자.]

[류 니쨩! 저도 밖에서 싸울래요!]

항아가 재빨리 부상국의 전음 형식인 묵언으로 말했다.

[대신 내 곁에서 멀리 떨어지면 안 된다. 종초 너도.]

[넵!]

[알았어요!]

항아와 연종초는 천여 명의 흑천성군 한복판으로 날아들면
서 종달새처럼 해맑게 종알거렸다.

반시진이 지났을 때 화운룡을 비롯한 일룡십봉은 흑천성군
칠십여 명을 죽였다.

은형인이 된 화운룡과 연종초가 항아 양쪽에서 호위하는
형태로 싸워 오십여 명을 죽였다.

그에 비해서 옥봉을 비롯한 세 개 조 여섯 명의 여자들은
흑천성군을 이십여 명밖에 죽이지 못했다.

화운룡과 연종초, 항아처럼 좌충우돌하면서 싸우는 게 아니라 옥봉 등은 소명계 안에 숨어 있는 시간이 많다 보니까 그만큼 덜 죽이게 된 것이다.

사방에 개미 떼처럼 많은 흑천성군들이 육안으로 볼 수 있는 항아를 향해 장창과 혈전으로 집중공격을 하다 보니까 화운룡과 연종초는 방어를 하느라 적들을 죽일 기회를 잡지 못했다.

'이래선 안 되겠다.'

화운룡은 어떤 결단을 내리고 십봉을 이끌고 하나의 소명계 안으로 들어가서 숨었다.

일룡십봉이 갑자기 증발한 것처럼 사라지자 흑천성군들은 급히 주변을 두리번거리면서 찾았다.

소명계 안이 좁다 보니까 화운룡을 비롯한 일룡십봉은 모두 몸이 밀착됐다.

화운룡이 모두를 둘러보며 진지하게 입을 열었다.

"동명계(動冥界)를 할 것이다."

옥봉이 긴장된 표정으로 물었다.

"동명계라는 것은 움직이는 명계인가요?"

"그래. 우리 모두가 함께 이동하는 명계야. 보이지 않는 상태에서 이동하여 적당한 수의 적들을 명계 안으로 끌어 들여서 주살한다."

자봉이 호들갑을 떨었다.

"최고예요! 어서 가르쳐 주세요!"

"모두 단단히 잡아라."

연본교를 제외한 구봉(九鳳)이 화운룡에게 매달리듯이 그의 몸을 붙잡았다.

화운룡은 십봉 모두에게 동명계의 구결과 요령을 자세하게 심지공으로 전해주었다.

그때 이후 싸움의 판도가 급변했다.

흑천성군은 화운룡의 일룡십봉을 맞이하여 싸움다운 싸움도 제대로 해보지 못하고 깨지기만 했다.

우선 일룡십봉의 모습이 보이지가 않으니까 어느 곳을 어떻게 공격해야 하는지 알 수가 없다.

그래서 일룡십봉을 찾으려고 두리번거리다 보면 어느 순간 흑천성군 십오륙 명에서 이십여 명 정도가 갑자기 훅! 하고 그 자리에서 사라져 버린다.

사실 그것은 사라지는 것이 아니라 동명계가 그들을 먹어 버린 것이다.

그다음에는 동명계 안에서 일룡십봉이 당황한 흑천성군들을 마음껏 요리한다.

그리고는 방금 사라졌던 흑천성군 십오륙 명에서 이십여 명이 사라질 때처럼 훅! 하고 다시 나타난다.

그런데 방금 전까지 멀쩡하게 살아 있던 그들이 땅에 쓰러져서 피를 철철 흘리며 죽어 있다.

흑천성군은 동료들이 사라진 장소 즉, 아무것도 없는 텅 빈 곳을 맹렬하게 공격해 보지만 장창과 화살이 아무도 없는 맨 땅을 공격할 뿐이다.

흑천성군은 활과 장창을 거두고 목 뒤에 메고 있던 도를 뽑아 움켜쥔 채 사방을 날카롭게 주시하지만, 두 눈 뻔히 뜨고 있는 상황에 눈앞에서 매번 십오륙 명에서 이십여 명의 동료들이 훅! 하고 사라져 버리기 일쑤다.

그러니까 이것은 싸움 자체가 성립되지 않았다. 뭐가 보여야 싸움을 하든가 말든가 할 것이 아니겠는가.

그렇게 다시 반시진이 지났을 때 흑천성군은 도합 삼백여 명을 잃었다.

여기까지 오는 동안 흑천성군을 총지휘하던 화리천이 갑자기 사라졌기 때문에 다섯 명의 대주들 중에 수좌(首座)인 제일 대주가 지휘자가 되었다.

"비행하라!"

제일대주의 명령이 떨어지자 칠백여 명의 흑천성군들이 일제히 하늘로 날아올랐다.

지상에 있다가는 개미귀신 같은 일룡십봉에게 모조리 잡아

먹히기 십상이라서 그들의 비행은 어느 때보다도 빨랐다.

흑천성군은 날개 같은 견폐가 있기 때문에 공력으로 그것을 펼치고 조종을 하면 마음껏 하늘을 날 수 있다.

그렇지만 제일대주의 판단은 틀렸다. 하늘이라고 해서 안전한 장소가 아니었다.

동명계는 하늘이라고 마다하지 않고 기꺼이 찾아가서 흑천성군을 죽여주었다.

*   *   *

제일대주가 다시 명령했다.

"흩어져라!"

흑천성군 칠백여 명이 하늘로 날아오르면 적의 이상한 공격에서 벗어날 줄 알았는데, 지상에서와 마찬가지 상황이 벌어지니 제일대주가 내릴 수 있는 최선책은 흩어져서 각자 알아서 하라는 것이다.

흑천성군 칠백여 명이 하늘에 떠서 비행하고 있는 동안 적의 모습은 코빼기도 보지 못했는데도 또다시 사십여 명이나 죽었다.

흑천성군 천 명은 애초에 연종초를 죽이러 왔다가 어느덧 본분을 까맣게 망각하고 이리저리 도망 다니기에 급급한 신세가 돼버렸다.

그렇지만 천여황 연종초를 죽이는 것은 고사하고 그녀가 어디에 있는지도 모르는 상황이다.

더구나 누군지도 모르는 적들이 눈에 보여야 싸움을 하든 지 죽이든지 할 텐데 보이지 않는 적에게 쫓겨 다니면서 애꿎 은 흑천성군들만 퍽퍽 죽어나갔다.

제일대주가 흑천성군들에게 흩어지라고 한 것은 싸움을 포 기하라고 명령한 것이나 다름이 없다. 지금 당장은 살고 봐야 하기 때문이다.

그럴 바에야 차라리 후퇴하거나 도주하라고 명령하는 편이 더 나을 테지만 목적을 달성하지 못했으므로 그러지도 못하 는 상황이다.

부악!

그때 동명계가 조금 전에 집어삼켰던 흑천성군 열두 명을 괴상한 소리를 내면서 토해냈다.

흑천성군 열두 명은 쏜살같이 추락하여 십여 장 땅바닥에 마구 떨어졌다.

쿠쿠쿵! 쿵!

시체들 중에서 홍투구와 청투구를 쓴 자도 보였다. 단주와 조장이 죽은 것이다.

이로써 흑천성군은 하늘로 떠올랐다가 오십오 명이 영문

모를 죽음을 당했다.

'이게 도대체……'

흑천성군 제일대주는 머릿속이 흙탕물처럼 엉망이 됐고 아무 생각도 떠오르지 않았다.

그때 제삼대주가 외쳤다.

"모두 지상에 내려가서 한 덩이가 돼야 하오! 그래야지만 우릴 삼키지 못할 것이오!"

그 말에 제일대주는 정신이 번쩍 들었다. 남아 있는 흑천성군은 육백오십여 명 정도인데 그들 모두가 지상에서 한 덩이로 단단하게 뭉쳐 있으면 뭔지 모를 그것이 한꺼번에 육백오십여 명을 삼키지는 못할 것이라고 생각했다.

설사 삼킨다고 해도 육백오십여 명이 그 안에서 놈들과 싸우면 패하지 않을 것이다.

제일대주는 핏대를 세우며 악을 썼다.

"모두 지상으로 내려가 한 덩이로 둥글게 뭉쳐라! 한 팔로 옆 사람을 단단히 붙잡아라!"

명령이 떨어지자마자 흑천성군들이 일제히 지상으로 곤두박질쳐서 한 덩이로 모여들었다.

[어쩌죠?]

허공에 떠 있는 동명계 안에서 연종초가 아래를 굽어보면서 혼잣말처럼 물었다.

[내려가자.]

지상에 내려온 동명계 안에서 화운룡은 이대로 물러나야 하는 것인가, 아니면 흑천성군을 몰살시켜야 하는 것인가를 놓고 잠시 고민했다.

화운룡이 지켜보고 있는 사이에 흑천성군 육백오십여 명은 빠르게 대연무장에 하나의 커다란 원형을 형성했다.

흑천성군이 저런 식으로 단단하게 결속되어 있으면 동명계 갖고는 절대로 어떻게 할 수가 없다. 작은 주머니로 고래를 잡겠다는 얘기다.

설사 육백오십여 명을 동명계 안에 한꺼번에 가둘 수 있다고 해도 일룡십봉으로는 그들을 당해내지 못한다. 오히려 일룡십봉이 당하고 말 것이다.

그러니까 이 상황에서 정면 대결은 안 된다. 예상했던 것보다 흑천성군이 지나치게 고강하기 때문에 십봉 중에서 다치거나 죽는 사람이 나올 수도 있다. 그런 일이 벌어진다면 싸우지 않느니만 못한 일이다.

그렇다고 이대로 물러나는 것은 볼일을 보고 나서 뒤처리를 하지 않은 격이라서 뒷골이 너무 당긴다. 무적에 가까운 흑천성군을 이대로 살려둔다면 장차 중원 무림에서는 아무도 그들의 적수가 되지 못할 것이다.

천황을 죽이고 천황파를 몰살시키려면, 아니, 최후의 배후 조종자인 천신모까지 찾아내서 죽이려면 흑천성군은 반드시 넘어야 할 산이다.

흑천성군을 몰살시키지 않고서는 천황과 천신모에게 다가 갈 수가 없는 것이다.

[우린 할 수 있어요.]

이번 싸움이 시작된 이후 처음으로 옥봉이 말문을 열었다.

옥봉은 모두의 시선을 받으면서 말을 이었다.

[이번에는 강한 사람끼리 양체합일을 새로 묶는 거예요. 극 강을 만드는 거죠.]

옥봉의 이어전성을 듣고 모두 밝은 표정을 지었다. 뭔가 새 로운 타개책이 나올 것 같았다.

그녀는 화운룡과 연종초, 자신과 자봉, 그리고 항아를 차례 로 가리켰다.

[용공은 종초하고, 저는 봉령과 양체합일을 하겠어요. 그리 고 항아는 혼자 싸우는 거예요. 그리고 나머지 사람들은 적 절하게 짝을 이루도록 하세요.]

이들 중에서 최고로 고강한 화운룡과 연종초가 양체합일 을 하게 되면 그야말로 무적이다.

그리고 오백 년 공력의 자봉과 사백팔십 년의 옥봉이 하나 로 묶이면 천 년에 가까운 공력이므로 그녀들이 손설효와 명림과 양체합일을 했을 때보다 훨씬 고강해진다.

화운룡―연종초까진 아니더라도 흑천성군을 상대하여 발군의 위력을 발휘할 터이다.

명림이 선택받지 못한 손설효와 선봉, 한봉, 연군풍, 연본교를 대표해서 말했다.

"주모, 우린 어떻게 짝을 이루는 게 좋을까요?"

옥봉은 막힘없이 대답했다.

"이렇게, 그리고 이렇게 양체합일을 하세요."

옥봉은 명림―손설효, 선봉―한봉, 연군풍―연본교를 차례로 가리켰다.

옥봉은 모두의 짝을 지어주고 나서 화운룡에게 공손하게 부탁했다.

"용공, 우리 모두에게 은형인 수법을 알려주실 수 있나요? 우리가 그걸 익히면 큰 도움이 될 거예요."

화운룡은 고개를 끄떡였다.

"해보지."

그는 연종초를 제외한 모두를 그러안고 은형인 수법을 주입하기 시작했다.

은형인 수법의 구결만 전해서는 아무 소용이 없다. 화운룡이 지금껏 은형인을 전개해 온 경험들을 몽땅 주입해야지만 모두가 은형인을 전개할 수 있을 것이다.

옥봉이나 자봉의 공력이라면 단독으로도 은형인을 전개할 수 있겠지만 그 외의 사람들은 공력이 부족해서 양체합일을 해야지만 가능하다.

다섯 호흡 정도의 시간이 지나고 화운룡의 은형인 수법 주입이 끝났다.

"자, 이제 봉애가 묶어준 대로 양체합일을 한 후에 은형인을 해보는 거다."

화운룡은 연종초가 자신에게 몸 뒷부분을 밀착시키는 동안 동명계 바깥의 흑천성군을 쳐다보았다.

흑천성군은 여전히 육백오십여 명이 둥글게 똘똘 뭉쳐 있으며 주변을 경계하느라 여념이 없다.

계속 저런 상태를 유지하고 있으면 깨뜨리는 일이 쉽지 않을 것 같았다.

연종초는 늘씬한 편이지만 키 큰 화운룡에 비해서 머리 하나 반 정도 작았다.

더구나 어깨가 좁고 가녀린 체구라서 화운룡에 비하면 작은 소녀처럼 아담했다.

[발등에 올라서.]

화운룡의 이어전성에 연종초가 그의 발등을 밟고 올라서자 키가 조금 커졌다.

화운룡이 밧줄로 두 사람을 묶기 시작하자 연종초는 몸을 그에게 더 밀착시켰다.

연종초는 화운룡이 자신의 몸 뒷면으로 고스란히 느껴지자 부끄러우면서도 몹시 행복했다.

그녀는 자신의 행복을 표현하기 위해서 엉덩이를 뒤로 약간 내밀어서 좌우로 살짝 흔들다가 자신을 바라보고 있는 옥봉과 시선이 마주쳤다.

연종초는 얼굴을 붉히면서 이어전성을 보냈다.

[큰언니, 고마워요.]

옥봉이 연종초를 화운룡하고 양체합일로 묶게 해줘서 고맙다는 것이다.

그렇지만 연종초로서는 어찌 옥봉에게 고마운 것이 그것 하나뿐이겠는가.

옥봉의 너그러운 배려가 아니었으면 연종초는 화운룡의 부인이 되지도 못했다.

항아를 제외한 열 명이 서로 짝이 된 사람과 밧줄로 묶고 은형인을 전개하느라 한동안 부산했다.

명림과 손설효, 선봉, 한봉, 연군풍, 연본교는 각자의 공력으로는 은형인을 전개하지 못하지만 둘이 양체합일을 하면 은형인을 하고도 남는다.

화운룡—연종초, 옥봉—자봉 등 다섯 개 조가 모두 은형인을 성공시키고 이제 항아 혼자만 남았다.

모두 모습이 보이지 않게 되고 동명계 안에는 항아 혼자서 눈을 감고 은형인을 전개하느라 혼신의 힘을 기울였다.

화운룡을 비롯한 모두의 관심은 과연 항아가 은형인을 성공시킬 수 있느냐에 쏠렸다.

그렇지만 화운룡은 항아가 별 어려움 없이 성공할 수 있을 것이라고 생각했다.

중원 무림의 공력과 부상국의 명적은 명칭만 다를 뿐이지 근본적으로는 같다고 믿기 때문이다.

항아는 두 손을 합장한 자세로 지그시 눈을 감고 있었다.

은형인이라는 수법은 중원인이 중원인을 위해서 만들었기 때문에 부상인인 항아로서는 실행하는 데 어려움이 있을지도 모른다.

화운룡은 만약 항아가 은형인을 성공하지 못한다면 흑천성 군과의 싸움에서 제외시킬 생각이다.

화운룡을 비롯한 열 명이 은형인을 전개하여 싸우는데 항아 혼자서 모습을 드러낸 상태로 싸운다면 그녀를 보호하느라 죽도 밥도 안 될 것이기 때문이다.

스지이이… 지지…….

갑자기 항아의 몸에 여러 개의 하얀 갈지자 파장 같은 것이 마구 그어졌다.

그러더니 다음 순간 항아의 모습이 그 자리에서 팟! 하고 사라졌다.

보이지 않는 항아의 목소리가 들렸다.

[성공했나요? 저 보이나요?]

[성공이에요! 보이지 않아요! 이사모님!]

선봉이 손뼉을 치면서 기뻐했다.

이제 동명계 안에 있는 일룡십봉은 모두 모습이 보이지 않아서 아무도 없는 것 같았다.

항아가 슬그머니 화운룡에게 다가와 뒤에서 그를 꼭 안으며 전음을 보냈다.

[이제부터 제가 류 니쨩을 보호할게요.]

연종초는 항아의 손을 잡았다.

[둘째 언니, 우리 같이 서방님을 지켜요.]

화운룡은 두 여자의 말에 신경 쓰지 않고 말했다.

[지금부터 작전을 짤 테니까 모두 잘 들어라.]

화운룡의 말에 자봉이 토를 달았다.

[은형인이 됐는데 무슨 작전이 필요하겠어요? 놈들은 우릴 못 볼 텐데 그냥 막 죽이면 되잖겠어요?]

화운룡에게 유일하게 반기를 들거나 반대 의견을 내는 사람이 바로 자봉이다.

연종초가 딱 부러지게 핵심을 찔렀다.

[우리 모습이 보이지 않는다고 해도 작전을 세워서 공격해

야 하는 이유는 수도 없이 많습니다.]

자봉은 지지 않았다.

[예를 들면 어떤 이유가 있죠?]

연종초는 언니로 모시는 옥봉과 항아 이외의 사람들에겐 별로 공손하지 않은 편이다.

[소 뒷걸음질에 밟힐 수도 있는 것처럼 놈들이 마구잡이로 퍼붓는 공격에 우리가 당할 수도 있습니다. 그리고 놈들이 사방으로 흩어져서 도주한다면 우리 열한 명으로 놈들을 추격해서 깡그리 죽이는 것은 불가능합니다. 그래서 작전을 세워야만 하는 것입니다.]

[그렇군요……]

연종초와 자봉이 대화하는 동안 작전을 궁리한 화운룡이 이윽고 모두에게 손짓을 섞어가면서 세밀한 작전을 설명하기 시작했다.

第四章

풍운조화(風雲造化)

화운룡은 교란작전을 펼치기로 했다.

먼저 한 덩이로 모여 있는 흑천성군 육백오십여 명의 한쪽을 조금 떼어낸다.

한 덩이로 단단하게 결속되어 있지만 가장 고강한 화운룡—연종초, 옥봉—자봉 조가 원형의 한쪽 귀퉁이를 양쪽에서 치고 들어가서 적들의 팔이든 몸통이든 뚝뚝 잘라서 동그랗게 삼십 명 정도를 떼어낸다.

그와 동시에 대기하고 있는 항아와 손설효—명림, 선봉—한봉 조가 공격을 개시하고 뒤를 이어 적들을 떼어낸 화운룡—연종초, 옥봉—자봉 조가 가담하여 떼어낸 흑천성군을 늦어도 세 호흡 안에 모조리 작살 낸다.

그러고는 모여 있는 흑천성군의 반대 방향으로 쏘아가서 방금 전처럼 또다시 한 귀퉁이 삼십여 명을 떼어내서 동일한 방법으로 주살한다.

[간다!]

화운룡—연종초 조가 흑천성군들이 큰 원을 형성한 채 모여 있는 오른쪽 끄트머리로 쏘아가며 이어전성을 보냈다.

그와 동시에 옥봉—자봉 조가 그에게서 오 장쯤 왼쪽으로 쏘아가고, 항아를 비롯한 세 개의 조가 떨어져 나올 삼십여 명의 흑천성군을 죽이기 위해서 바짝 뒤따랐다.

화운룡은 절반 길이의 무황검으로 흑천성군들의 오른쪽 한 귀퉁이를 잘라서 떼어내려 돌진했다.

연종초는 단전을 활짝 개방하여 자신의 전 공력을 화운룡에게 아낌없이 내준 상태로 더없이 편안하고 행복한 기분을 만끽하고 있다.

옥봉—자봉 조는 자봉이 주 공격수를 하고 있으며 화운룡—연종초 조의 왼쪽 오 장 거리에서 흑천성군을 향해 빛의 속도로 쏘아가고 있다.

자봉의 오른손에 쥐어진 것은 무형검이며 청룡전광검 삼초식 신강을 발휘하여 무려 삼 장 길이의 검강을 만들어내서 흑천성군들의 몸통을 한꺼번에 잘라내기 시작했다.

혹천성군들은 화운룡—연종초, 옥봉—자봉 조가 접근하는지도 모르는 채 주위를 두리번거리고 있다가 당했다.

파아아앗!

"크악!"

"와악!"

그 순간 화운룡—연종초 조와 옥봉—자봉 조가 혹천성군 한쪽 귀퉁이 두 곳으로 파고 들어가서 마치 사과를 한입 크게 베어 먹듯이 반 호흡 만에 반달 모양으로 뚝 잘라냈다.

반달 모양으로 잘라내는 과정에서 팔다리와 몸통이 잘린 혹천성군 십칠 명이 비명을 내지르면서 바닥에 나뒹굴고, 반달 안에 들어가 있는 이십팔 명의 혹천성군이 바깥쪽으로 일장 정도 밀려 나갔다.

그 순간 쇄도하고 있는 항아와 명림—손설효, 선봉—한봉, 연군풍—연본교 조가 정면에서 들이닥치고, 반달을 잘라낸 화운룡—연종초, 옥봉—자봉 조가 뒤쪽에서 합공했다.

파파파아앗!

스퍼퍼퍼어억!

"크아악!"

"와악!"

비명 소리가 어지럽게 마구 터져 나왔다.

제아무리 무적의 흑천성군이라고 해도 아예 보이지 않는 적의 공격을 어찌 피하거나 막을 수 있겠는가.

더구나 이십팔 명만을 죽이는 것이라서 일룡십봉으로서는 더럽지 않은 일이다.

흑천성군은 그저 한군데 모여서 우두커니 서 있다가 불과 두 호흡 만에 한 귀퉁이의 사십오 명이 무더기로 거꾸러지며 피를 뿌렸다.

움찔 놀란 제일대주가 쩌렁하게 외쳤다.

"흩어지지 마라! 사방을 경계하라!"

이런 상황에서는 흩어져야 살 텐데 사태 파악을 하지 못하는 우두머리는 똘똘 뭉쳐 있으라고 악을 썼다.

화운룡—연종초 조와 옥봉—자봉 조는 이번에는 모여 있는 흑천성군들의 반대편으로 쏘아갔다.

[저기다!]

화운룡은 옥봉—자봉 조가 적들을 끊어낼 위치를 알려주고는 자신과 연종초는 그 옆 오 장 거리의 흑천성군 무리 속으로 무황검을 휘두르며 파고들었다.

파파아앗!

화운룡의 무황검은 검강을 뿜어내지 않고서도 불과 반 호흡 만에 큼직한 반월을 그으면서 열두 명의 팔다리와 몸통을 잘라냈다.

검강을 만드는 목적은 먼 곳에 있는 적들을 보다 손쉽게 살상하기 위한 것이다.

그런데 화운룡은 검강을 만들어내는 것보다 더 빠른 속도로 쏘아가서 적들을 더 많이 죽이고 있으므로 구태여 검강을 만들 필요가 없었다.

검강은 적을 더 쉽고 더 빠르게 쓰러뜨리기 위한 수단인데 그보다 더 쉽고 빠르게 적을 죽일 수 있다면 구태여 검강을 전개하지 않아도 좋은 것이다.

화운룡은 반대쪽에서 반월을 그으면서 마주 쏘아온 옥봉—자봉과 중간에서 만나자 몸을 돌려 떼어낸 쪽에 있는 흑천성군들을 죽이기 시작했다.

큰 무리 쪽에 있는 흑천성군들은 본체에서 떨어져 나간 조각 쪽의 흑천성군들이 아무도 없는데도 불구하고 제 스스로 목이 잘라지는가 하면, 심장에서 피를 뿜으면서 풀썩풀썩 쓰러지는 광경을 보며 경악했다.

도대체 누가 동료들을 뚝뚝 떼어내서 저렇게 마구잡이로 죽이고 있는 것인지 아무리 눈을 부릅뜨고 봐도 정말로 모를 일이다.

뭔가가 동료들을 죽이고 있는 것은 분명한데 그게 무엇이며 어디에서 어떤 수법을 전개하는 것인지 장님이 된 것처럼 알 수가 없다.

처음에 본체에서 반 장쯤 떨어져 나갔던 반월 안의 삼십여 명은 보이지 않는 적들에게 일방적으로 주살당하면서 점점 본체에서 더 멀어졌다.

보이지 않는 살인자들이 그들을 본체에서 조금씩 더 밀어내고 있기 때문이다.

반월이 떨어져 나간 쪽 본체 가장자리에 있는 흑천성군 수십 명이 동료들을 구하려고 무기를 휘두르면서 몰려갔지만 반월 안의 흑천성군 삼십여 명은 이미 몰살당한 후다.

그리고 이번에는 그들을 구하겠다고 몰려 나간 수십 명이 보이지 않는 적들에게 집중 공격을 받았다.

파파아!

퍼퍼퍽!

"끄악!"

"커억!"

동료들을 구하겠다고 본체에서 몰려 나온 흑천성군들은 보이지 않는 적들을 향해 수중의 무기를 마구 휘둘렀지만 아무도 베지 못한 채 자신들만 죽어갔다.

흑천성군들은 어떠한 상황에서도 절대로 도망친다거나 위축되거나 비굴한 모습을 보이지 않는다.

또한 동료가 위급한 상황이면 앞뒤 가리지 않고 즉시 달려들어 도움을 준다.

화운룡을 비롯한 일룡십봉은 본체에서 몰려오는 흑천성군들이 점점 많아지자 그 자리에서 사라졌다.

　이들은 곧 본체를 이룰 것이고 그러면 일룡십봉은 다시 본체에서 삼십여 명을 반월 조각으로 떼어내어 차근차근 죽여 나갈 것이다.

　그러나 화운룡은 흑천성군이 이대로 고스란히 몰살될 것이라고 생각하지는 않는다.

　흑천성군 우두머리들은 몰살당하기 전에 지금 상황을 타개할 수 있는 어떤 돌파구를 찾아낼 것이 분명하다.

　무적이라고 자부하는 흑천성군의 우두머리들이 가만히 앉아서 속수무책으로 당하고 있지만은 않을 것이다.

　그러므로 화운룡이 할 수 있는 일은 두 가지다. 하나는 흑천성군이 지금 이 상황을 타개할 특단의 방법을 찾아낼 때까지 최대한 많이 죽이는 것이고, 또 하나는 그런 일이 생기기 전에 또 다른 방법을 궁리해 내야만 한다.

　[이번에는 북쪽이다!]

　화운룡의 명령과 함께 일룡십봉은 한 몸처럼 흑천성군 무리의 북쪽으로 쏘아갔다.

　흑천성군이 돌파구를 찾아낸 시간은 화운룡이 예상했던 것보다 훨씬 빨랐다.

일룡십봉이 흑천성군 백오십여 명을 죽였을 때 갑자기 하늘에서 피 비가 쏟아져 내렸다.

흑천성군 대주 몇 명이 죽은 시체 몇 구를 하늘로 갖고 올라가서 아래를 향해 피를 뿌린 것이다.

대주들은 흑천성군들을 죽이고 있는 적이 필경 사람이 분명한데 모습이 보이지 않는 것이라고 추측하여 그런 방법을 사용한 것이다.

화운룡과 십봉의 모습이 보이지 않는다고 해서 만져지지 않는 것이 아니다.

단지 보이지 않을 뿐이지 칼로 베면 베어지고 일장을 제대로 적중당하면 충격을 받고 밀려날 것이다.

그러므로 하늘에서 피 비가 뿌려지자 일룡십봉의 몸에 피가 적셔지더니 그들의 모습, 아니, 윤곽이 드러났다.

비록 정확한 얼굴 용모와 멀쩡한 사지육신 모습은 아니더라도 흑천성군들이 지금까지처럼 보이지 않는 적을 상대로 헛손질만 하던 것에 비하면, 이제부터의 싸움은 땅 짚고 헤엄치기 수준이 될 것이다.

더 중요한 것은 하늘에서 피 비가 뿌려져서 모습이 드러나게 됐는데도 일룡십봉은 흑천성군들을 죽이는 데 열중해서 한동안 그 사실을 깨닫지 못했다는 것이다.

화운룡─연종초, 옥봉─자봉 조는 워낙 막강하게 적들을

주살하고 있었기 때문에 주위의 변화를 느끼지 못했다. 즉, 자신들의 모습이 드러났다는 사실을 깨닫지 못했다.

콰차차차창!

"우웃……!"

명림—손설효, 선봉—한봉, 연군풍—연본교 조에 순식간에 흑천성군 십여 명씩이 달라붙으며 맹공격을 퍼부어댔다.

세 개 조 중에서 그나마 연군풍—연본교 조가 조금 강하기는 하지만 흑천성군들의 집중 공격에는 어느 조 할 것 없이 세 호흡이 지나기도 전에 풍전등화 신세가 돼버렸다.

그래도 항아는 양체합일을 하지 않았는데도 흑천성군들 사이를 요리조리 누비면서 잘 피하고 또 잘 죽였다.

그러나 선봉—한봉, 명림—손설효 조가 흑천성군들의 집중 공력을 받으면서 무기끼리 부딪치는 음향이 천둥소리처럼 터지자 화운룡은 정신이 번쩍 들었다.

[남서쪽으로 물러나라!]

화운룡—연종초, 옥봉—자봉, 항아는 즉시 허공으로 몸을 띄우면서 명림—손설효, 선봉—한봉, 연군풍—연본교가 빠져나올 수 있도록 퇴로 쪽을 향해 공격을 퍼부었다.

쫘드등!

최고수들의 집중 공격을 받은 흑천성군 십여 명이 온몸이 갈가리 찢어져서 지푸라기처럼 날아가고 그 사이로 명림 등이 빠져나왔다.

흑천성군으로부터 이십여 장 벗어난 지점에 재빨리 소명계를 친 화운룡은 재빨리 십봉을 그 안으로 끌어 들였다.

[모두 은형인 수법을 풀어라. 다친 사람 없느냐?]

그가 둘러보면서 묻자 연종초와 옥봉, 자봉, 항아를 제외한 모두들 숨을 헐떡이며 은형인 수법을 풀면서 다치지 않았다고 대답했다.

화운룡은 한 사람씩 빠르게 둘러보고 나서 단호한 얼굴로 말했다.

[이제부터는 정면 대결이다.]

모두의 얼굴에 팽팽한 긴장이 어렸다.

[가까이 와라.]

화운룡은 자신이 선두를 맡고 그다음에 명림과 연군풍, 그리고 자봉과 손설효, 옥봉과 선봉, 항아와 한봉, 연본교, 그리고 마지막에 연종초를 한 줄로 세웠다.

일룡십봉 중에서 가장 고강한 화운룡 자신과 연종초가 선두와 후미를 맡고, 중간에 자봉, 옥봉, 항아를 세우되 그 사이에 조금 약한 명림, 연군풍, 손설효, 선봉, 한봉, 연본교를 끼워 넣은 것이다.

[자, 날 붙잡아라. 어떻게 싸울 것인지 주입시켜 주마.]

화운룡은 가까이 모이게 하여 모두를 그러안고 자신이 생각하고 있는 작전을 주입시켜 주었다.

그러고 나서 진지한 표정으로 모두에게 물었다.

[마지막으로 묻겠다. 이쯤에서 이 싸움 그만두는 것이 어떻겠느냐?]

그러나 다들 단호한 표정을 지었다.

[지금 여기서 저놈들을 몰살시키지 못하면 나중에는 수천 명의 흑천성군이 몰려올 거예요.]

사리분별이 뚜렷한 옥봉은 앞날을 염려했다.

[막내를 죽이러 온 놈들을 절대로 살려서 보낼 수 없어요.]

십칠 세 항아는 자신보다 여덟 살이나 많은 막내를 보호해야 한다고 핏대를 세웠다.

[용공이 하면 저는 무조건 해요.]

자봉은 화운룡 해바라기다.

그녀들의 말을 듣고 연종초는 가슴이 울컥했으나 입술을 깨물며 애써 참았다.

[서방님께선 저에게 새 생명을 주셨고 두 분 언니께선 새 생활을 주셨어요. 영원히 잊지 않겠어요.]

자봉이 조금 엄한 표정을 지었다.

[나는요?]

연종초는 방긋 미소 지었다.

[같이 살아갈 친구죠.]

[친구. 아아… 정말 듣기 좋은 호칭이에요.]

화운룡이 소명계를 열자마자 은형인을 풀고 모습을 드러낸 일룡십봉은 흑천성군을 향해 바람처럼 쏘아갔다.

*   *   *

화운룡이 창안한 이른바 용봉전대(龍鳳戰帶)는 그 상황에서 만들어낼 수 있는 가장 완벽한 전술이었다.

용봉전대 즉, 한 명의 용과 열 명의 봉, 일룡십봉이 최상의 조합 띠를 이루어 싸움에 임하는 전술이다.

일룡십봉이 만든 용봉전대는 때로는 일자형으로, 어떨 때는 원형, 혹은 타원형이나 정방형, 또는 두 줄이나 세 줄이 되어 시기적절하게 싸움에 임했다.

용봉전대의 선두인 화운룡이 흑천성군 무리의 아무 곳이나 뚫고 들어가면서 무황검을 번뜩이면 적들이 변변하게 저항조차 하지 못하고 퍽퍽 썩은 짚단처럼 거꾸러진다.

솔직히 말해서 흑천성군 천 명이라고 해도 화운룡을 막아낼 수는 없다.

다만 화운룡 혼자서 흑천성군 천 명을 단시간에 모조리 죽일 수 없을 뿐이다.

화운룡은 공력이 팔백 년을 상회하고 무공이 조화지경에

이르렀다고 해서 아무렇게나 공격을 퍼붓지 않았다.

적들 한복판을 뚫고 들어가면서 아무렇게나 이리저리 휘두르는 것 같은 무황검에서 한 뼘 길이 짙은 금빛의 검기들이 와르르 뿜어져 나갔다.

검강이 아니라 검기다. 하지만 그의 검기는 여타 검기하고는 차원이 다르다.

최소 팔백 년이라는 어마어마한 공력이 실린 금빛 검기는 도검불침의 몸에 오금철갑을 입은 흑천성군의 몸뚱이를 종잇장처럼 퍽퍽 꿰뚫었다.

화운룡이 준마가 전력으로 달리는 것보다 서너 배 빠른 속도로 질주하면서 무황검으로 전방을 훑으면 가로막고 있는 흑천성군들이 투구나 목, 심장에 구멍이 뻥뻥 뚫려 여기저기에서 마구 피를 뿜어대며 쓰러졌다.

화운룡이 선두에서 흑천성군 한복판을 꿰뚫으면서 적들을 짓밟으며 질주하면 뒤따르는 명림과 연군풍, 자봉, 손설효, 옥봉, 선봉, 항아, 한봉, 연본교, 그리고 마지막으로 연종초가 태풍처럼 적들을 휩쓸어 버린다.

화운룡 바로 뒤를 따르는 명림과 연군풍은 방어 같은 것은 아예 하지도 않는다.

그가 일차적으로 태풍처럼 휩쓸어 버렸기 때문에 거기에서 살아남았지만 충격을 받아서 비틀거리고 있는 자들을 골라서 죽이면 된다.

네 번째에 따르고 있는 자봉은 화운룡과 연종초에 이은 세 번째 초극고수라서 정신을 차리지 못하고 있는 흑천성군들을 주살하는 것은 들판에서 이삭을 줍는 것처럼 쉬운 일이다.

그다음은 손설효와 옥봉, 그리고 항아다. 선두 화운룡부터 네 번째 자봉까지 적의 무리를 꿰뚫으면서 좌우로 두 명씩을 죽였다면 손설효와 옥봉, 항아는 세 명째의 적을 죽이면서 쏘아가고 있다.

그다음이 한봉과 연본교인데 그녀들은 아무것도 걱정할 것 없이 눈에 띄는 대로 적을 주살하면 된다.

그녀들 앞쪽에서 이미 휩쓸어 버렸고 또 뒤에는 연종초가 따르고 있기 때문이다.

연종초는 오른손에 무형검인 혈옥신검을 만들어 움켜쥐고는 먹잇감을 찾아 눈을 번뜩이지만 앞쪽에서 이미 다 죽인 터라서 죽일 만한 적을 찾는 일이 쉽지가 않다.

그녀 같은 절대고수가 앞쪽의 한봉과 연본교를 보호하는 허드렛일을 하는 것만으로는 성이 차지 않았다.

그래서 그녀는 선두 화운룡을 똑바로 따라가지 않고 끄트머리를 좌우로 크게 흔들면서 따라가며 한 명의 적이라도 더 죽이려고 기를 썼다.

[종초, 왼쪽으로 돌아서 내게 붙어라.]

그때 화운룡의 이어전성이 들리자 연종초는 갑자기 신바람이 나서 외치듯 대답했다.

[네!]

화운룡에게 붙으라는 말은 지금껏 일자로 싸우던 용봉전대를 원형으로 만든다는 뜻이다.

연종초는 화운룡의 왼쪽으로 쏘아가면서 거치적거리는 흑천성군들을 혈옥신검을 휘둘러서 닥치는 대로 주살했다.

그녀 역시 화운룡처럼 혼자서 천 명의 흑천성군을 상대하여 몰살시키지는 못하지만 이런 식의 싸움은 식은 죽 먹기다.

파파아앗!

"크억!"

"으악!"

그녀는 흑천성군 십여 명의 목을 자르면서 화운룡에게 다가와 왼쪽으로 붙었다.

[서방님! 천첩 왔어요!]

[이제부터 등지고 싸운다!]

[알겠어요!]

화운룡의 말이 떨어지기 무섭게 연종초는 그와 등지고 서서 맹렬하게 혈옥신검을 떨쳤다.

쩌르르릉!

무시무시한 핏빛의 검기가 파도처럼 뿜어져서 앞쪽의 흑천성군 세 명을 죽이고 뒤쪽의 흑천성군 십여 명을 주춤 물러나게 만들었다.

그 틈에 연종초와 연본교, 한봉, 항아, 선봉. 옥봉이 재빨리 뒤돌아서 화운룡과 명림, 연군풍, 자봉, 손설효와 등을 맞대는 자세를 취했다.

이런 싸움 자세 즉, 두 줄로 길게 늘어서 적들과 싸우는 형태를 취하는 것은 처음이지만 화운룡은 이것이 먹힐 것이라고 예상했다.

자봉이 손설효와 재빨리 자리를 바꾸었다. 일룡십봉의 화운룡과 연종초, 자봉, 옥봉 순서로 강하기 때문에 그들이 두 줄의 양쪽 끝에 위치하고 있으면 자연적으로 나머지 여섯 명을 보호하게 된다.

흑천성군 무리의 한복판에서 치열한 접전이 벌어졌다.

화운룡의 명령으로 용봉전대를 두 줄로 겹친 이후 열 호흡이 흐르는 동안 흑천성군 삼십여 명을 죽였다.

현재 남은 흑천성군은 사백여 명 정도다. 화운룡 등은 우여곡절 끝에 벌써 육백여 명을 죽인 것이다.

[종초, 남남서로 천천히 나가라.]

연종초가 떨어져 나가 남남서로 향하자 화운룡은 즉시 적들을 뚫으면서 북북서로 나아갔다.

좌아악!

화운룡이 뿜어낸 검강이 노를 젓듯이 흑천성군들을 뎅겅뎅겅 잘라 버렸다.

그는 적들을 뚫고 타원형을 그렸다가 다시 연종초와 만났는데 방금 만든 원 안에 흑천성군 이십오 명을 가두었다.

이런 방식은 이미 세 번째이므로 십봉은 기다렸다는 듯이 포위망 안에 갇힌 적들을 주살하기 시작했다.

바로 그때 화운룡은 세 가지 일이 동시에 벌어지는 광경을 목격했다.

주위에 있던 흑천성군 백여 명이 지금까지와는 달리 갑자기 맹공격을 퍼붓기 시작했고, 그들 바깥쪽의 백여 명이 포위망을 형성하려는 움직임을 보였으며, 절반에 해당하는 이백여 명이 한꺼번에 둥실 허공으로 떠올랐다.

'미끼를 물었다……!'

방금 화운룡의 용봉전대가 이십오 명의 적을 포위한 것은 흑천성군이 던져준 미끼였다.

다시 말해서 흑천성군은 용봉전대가 이 수법을 다시 한번 구사하기를 반뜩 벼르고 있다가 그럴 기미가 보이자 옛다! 하고 얼른 열다섯 명을 던져준 것인데, 용봉전대가 덥석 물어버린 것이다.

용봉전대는 적 이십오 명을 죽이고 있는 중이므로 갑자기 동작을 멈출 수가 없는 상황이다.

혹천성군은 싸움이 시작된 이후 이처럼 일사불란한 동작을 보인 적이 없었다.

그들은 워낙 극강한 고수들이라서 별다른 작전 같은 것이 필요하지 않았었다.

용봉전대 십일 명은 포위망 안에 가둔 이십오 명을 죽이고 있다가 갑자기 그만둘 수가 없는 상황이다.

그 상황에서 용봉전대를 향해 백여 명의 혹천성군이 수중의 장창과 도를 무시무시하게 휘두르면서 맹공을 퍼부었다.

그와 동시에 허공 오 장 높이로 떠오른 이백여 명의 혹천성군이 용봉전대를 향해 일제히 핏빛의 혈전을 발사했다.

꾸아앙!

이백 자루의 혈전이 한꺼번에 발사되는 굉음이 심장을 벌렁거리게 할 정도다.

혹천성군은 용봉전대가 죽이고 있는 이십오 명을 포기한 듯 그들과 용봉전대를 하나로 묶어서 공격했다.

그것을 발견한 화운룡은 다급해졌다. 소명계를 만들어 그 안으로 피신하기에는 이미 늦었다. 소명계를 만드는 것이 아무리 빠르다고 해도 쏘아오고 있는 이백 발의 혈전보다는 늦을 테니까 말이다.

일단 발등의 불부터 꺼야 한다. 아니, 불은 발등만이 아니라 등 뒤에서도 붙고 있는 중이다.

[종초! 봉애! 봉령! 무형막을 펼쳐서 덮어라!]

화운룡이 전력으로 무형막을 뿜어내면서 다급하게 명령하자 연종초와 옥봉, 자봉이 거의 동시에 무형막을 만들어내어 위쪽과 주위를 뒤덮었다.

그런데 무형막이 미처 펼쳐지기도 전에 이십여 자루 혈전이 안으로 빛살처럼 내리꽂혔다.

쩌쩌쩌정!

화운룡과 연종초, 옥봉, 자봉이 만들어낸 커다랗고 두터운 무형막에 이백여 발의 혈전과 백여 명의 장창, 도의 맹공격이 부딪치자 굉음이 터졌다.

그 당시 포위망 안에 갇힌 흑천성군 이십오 명 중에 여덟 명이 살아 있었는데 그들은 혈전이 자신들에게 쏟아지고 있는 것은 상관하지 않고 용봉전대를 공격하고 있었다.

화운룡을 비롯한 초극고수 네 명은 무형막을 펼치고 있는 중이라서 움직이지 못하기에 무형막 안으로 쏘아 들어온 혈전을 막아주지 못했다.

명림과 연군풍, 연본교 세 명이 다급히 검을 들어 혈전들을 퉁겨내려고 했으나 무위에 그쳤다. 애당초 혈전은 막거나 퉁겨낼 수 없는 것이었다.

퍼퍼퍽! 퍽퍽!

"으악!"

"아윽!"

"커흑!"

흑천성군 여덟 명 중에 다섯 명이 정수리와 뒤통수, 목에 혈전이 꽂혔으며, 용봉전대에서는 명림과 한봉이 뒤통수와 목에 혈전이 적중됐다.

"언니!"

"한봉아!"

손설효와 선봉이 찢어지는 비명을 내질렀다.

그러나 화운룡으로선 혈전에 맞은 여자들에게 눈길조차 줄 겨를이 없다. 어떻게 해서든지 지금의 상황을 벗어나야만 하기 때문이다.

무형막은 언제까지나 지속적으로 펼치고 있을 수 없다.

공력을 거두자 무형막이 거두어지고 또다시 이백 발의 혈전과 포위하고 있는 흑천성군 백 명의 맹공이 퍼부어졌다.

[무형막!]

화운룡이 다급하게 외치자마자 연종초와 옥봉, 자봉이 네 귀퉁이에서 무형막을 전개하여 용봉전대를 뒤덮었다.

무형막이 펼쳐지는 찰나지간에 항아가 가문의 칼 천추신도를 번개처럼 그어서 무형막 안에 남아 있는 흑천성군들을 모조리 죽여 버렸다.

쩌쩌쩌어엉!

또다시 이백 발의 혈전과 백여 명의 공격이 무형막에 격돌하자 꽝음이 터졌다.

항아는 답답했다. 화운룡 덕분에 자신의 능력이 부상국 최고 수준인 이십 적에 도달했지만 중원 무공을 익힌 화운룡 등과 융합할 수가 없기에 애가 탔다.

입술을 잘근 깨문 항아는 번쩍 위로 솟구쳤다.

팟!

무형막이 막고 있는 상황이지만 항아를 막지는 못했다. 그녀는 무형막을 뚫고 솟아올라 세 번째 혈전을 발사하려는 이백 명의 흑천성군들을 향해 쏘아갔다.

화운룡은 항아가 무엇을 하려는 것인지 간파했다. 그녀는 어떻게 해서든지 허공의 흑천성군 이백 명이 더 이상 혈전을 발사하지 못하게 하려는 의도다.

"종초! 포위망을 뚫자! 나머지는 부상자를 돌봐라!"

화운룡은 육성으로 쩌렁하게 외치면서 포위망의 한쪽을 향해 지금까지 한 번도 시전한 적이 없는 여의칠천의 마지막 절초 여의백팔천(如意百八天)을 전개했다.

그가 무황검을 가슴 앞에 세웠다가 팔백 년 전 공력을 주입하여 맹렬하게 뿌리치자 그의 몸을 시작점으로 하여 무서운 대폭발이 벌어졌다.

쿠와아앗!

사실은 무황검에서 도합 백팔 개의 눈부신 검기가 부챗살처럼 발출된 것인데 그에게서 폭발이 일어나는 것처럼 보였다.

그 순간 그의 전면에 있던 흑천성군 수십 명이 깡그리 날아가 버렸다.

화운룡을 뒤따르고 있는 연종초 등은 놀란 얼굴로 우두커니 서서 그 광경을 바라보았다.

오죽하면 흑천성군들조차 경악한 얼굴로 공격을 멈추었다.

그러나 화운룡은 계속해서 전진하며 두 번째로 여의백팔천을 전개했다.

부아아악!

작은 태양이 폭발하는 것 같은 엄청난 섬광이 그에게서 전방으로 뿜어졌다.

두 번의 여의백팔천 발출로 한쪽 방향의 흑천성군들은 깡그리 날아가고 허허벌판이 생겼다.

포위망을 빠져나온 화운룡은 소명계 하나를 만들어서 그 안에 모두를 들어오게 하여 연무장 바깥으로 이끈 후에야 비로소 허공의 항아를 쳐다보았다.

"허허헉……."

온몸의 공력을 모조리 쏟아서 여의백팔천을 두 번이나 전개했기에 화운룡은 극도로 기진맥진한 상태라서 거칠게 숨을 헐떡거렸다.

　허공에서 항아는 혼자 이백여 명의 흑천성군들을 상대로 고군분투하고 있었다.

　흑천성군에 파묻힌 항아의 모습은 보이지 않았다. 단지 그녀의 천추신도가 흑천성군들을 자르고 베는 서걱! 서걱! 하는 으스스한 소리와 급소를 찔리고 베인 적들의 답답한 신음 소리만 들릴 뿐이다.

　　　　*　　　　　*　　　　　*

　허공에서 항아를 에워싼 많은 흑천성군들에 가려서 그녀의 모습은 보이지 않았다.

　그렇지만 천추신도가 흑천성군을 베는 서걱거리는 소리 말고도 시야에 들어오는 것이 있다.

　우글거리는 흑천성군들 한복판 위쪽으로 새파랗고 뾰족한 빛이 번뜩거리면서 솟구쳤다.

　아마도 그것은 항아가 천추신도를 휘두를 때마다 뿜어지는 도기(刀氣) 같았다.

　그 아래에 항아가 있을 것이고 그 도기로 흑천성군들을 죽이고 있을 것이다.

　항아에게 베인 흑천성군들이 낙엽처럼 우수수 허공에서 바닥으로 떨어졌다.

한 호흡에 두 명 정도 추락하고 있는데 화운룡이 잠깐 쳐다보고 있는 중에도 대여섯 명이 피를 쏟으면서 줄줄이 떨어지고 있었다.

싸움을 항아에게만 맡겨놓을 수는 없는 일이다. 화운룡은 조금 전 여의백팔천을 두 번 전개하여 공력이 급속도로 소진됐으나 심호흡을 두어 번 하여 호흡을 안정시키고 나서 모두에게 이어전성으로 말했다.

[나는 가서 치메 쨩을 도울 테니까 너희들은 이곳에서 부상자들을 보살피면서 쉬고 있어라.]

화운룡은 항아가 싸우고 있는 곳에서 시선을 거두어 혈전에 꽂혀서 쓰러져 있는 명림과 한봉에게 향했다.

혈전이 뒤통수에 꽂힌 명림과 뒷목에 꽂힌 한봉은 죽었는지 꼼짝도 하지 않았다.

죽지 않았다면, 화운룡이 지금 당장 손을 쓴다면 살릴 수 있을 것이다.

그렇지만 지금 화운룡은 그녀들의 상태를 살피고 있을 겨를이 없다.

[서방님, 저도 가겠어요. 저는 이곳에 있어도 별 도움이 되지 않아요.]

[용공, 저희들도 가요.]

연종초가 나서자 옥봉과 자봉도 자못 단호한 표정을 지으며 화운룡 앞으로 나섰다.

연종초나 옥봉, 자봉을 데리고 나가면 도움이 될지언정 발목은 잡지는 않을 것이다.

사십삼 세로 가장 나이가 많은 선봉이 지친 얼굴로 말했다.

[사부님, 여긴 저희들에게 맡기고 다녀오세요.]

[알았다.]

화운룡이 소명계를 나가려니까 자봉이 그의 소매를 잡았다.

[용공, 은형인을 전개해서 싸우면 어떨까요?]

그렇지만 모두의 옷에 피를 뒤집어쓰고 있어서 은형인을 전개해도 핏자국이 드러날 것이다.

연종초가 의견을 말했다.

[서방님, 옷을 벗으면 안 보일 거예요.]

은형인을 전개하여 모습이 보이지 않는 것과 보이는 것은 큰 차이가 있다.

[벗자.]

그의 말이 떨어지자마자 모두들 입고 있던 옷을 훌훌 벗으면서 은형인을 전개했다.

화운룡과 연종초, 옥봉, 자봉은 옷을 모두 벗고 나신이 됐지만 은형인이 됐기에 아무에게도 보이지 않았다.

화운룡 등이 소명계 밖으로 나갔을 때 허공에 떠 있던 흑천성군들은 지상에 거의 내려와 있었다.

그 얘기는 지상에 있던 흑천성군들까지 합세하여 항아를 공격하기 시작했다는 뜻이다.

화운룡은 연종초 등과 흑천성군 무리를 향해 쏘아가면서 이어전성으로 말했다.

[최대한 기척 없이 놈들을 주살해라.]

은형인을 전개해서 모습이 보이지 않는다고 해도 요란하게 적을 죽이다 보면 위치가 드러나서 공격을 당할지도 모르기 때문에 조심하라는 뜻이다.

화운룡과 연종초, 옥봉, 자봉은 좍 흩어져서 흑천성군 무리의 바깥쪽 네 군데에서 파고들며 적들을 주살하기 시작했다.

화운룡은 오른손의 무황검으로는 여의육천인 도검불침을 파훼하는 검법 여의관천을 전개하면서, 왼손으로는 속도와 위력이 항룡지의 다섯 배인 여의천지를 동시에 펼쳤다.

쉬이잉!

여의관천과 여의천지가 동시에 전개되면서 내는 음향이 허공을 울렸다.

카각… 퍼억!

"크악!"

"끅!"

무황검이 적 한 명의 목을 자르고 금빛을 뿌리며 빛처럼 뿜어진 여의천지가 다른 적 한 명의 콧등을 관통했다.

이제 흑천성군은 사백여 명쯤 남았다. 화운룡과 항아, 연종초, 옥봉, 자봉 다섯 명 일룡사봉이 한 사람당 팔십여 명을 죽여야 하는 싸움이다.

화운룡이 적을 구십 명이나 백 명을 죽인다면 다른 여자들이 그만큼 힘들지 않아도 될 것이고 동시에 위험이 그만큼 줄어들 것이다.

어차피 흑천성군을 전멸시킬 것이라면 화운룡이 적을 되도록 많이 죽여야만 한다.

그런 생각을 한 그는 여의관천에 여의천도를 가미하여 검초식을 전개했다.

여의관천은 도검불침만 파훼하는 검법이지만 한 번에 한 명만 공격할 수 있다.

여의천도는 검을 휘둘러서 강기를 파도처럼 뿜어내서 적을 한꺼번에 쓸어버리는 검법이다.

여의관천에 여의천도를 가미하는 수법은 처음 전개하지만 실패할 것이라는 염려는 조금도 하지 않았다.

화운룡은 왼손으로 여의천지를 전개하는 것을 그만두고 오른손의 무황검에만 집중했다.

후우웅!

여의관천과 여의천도가 한꺼번에 펼쳐지자 고막을 먹먹하게 하는 묵직한 음향이 터졌다.

그와 동시에 파도처럼 밀려가는 천도 사이사이에 여러 개의 관천이 섞여서 쏘아갔다.

파파아아앗!

세 개의 자름에 적 세 명의 목이 잘라져 수급이 허공으로 떠오르고, 세 개의 찌름에 적 세 명의 심장이 퍽! 퍽! 하고 터지면서 핏물이 분수처럼 뿜어졌다.

도검불침지신에다가 오금철갑을 입고 있는 흑천성군 여섯 명을 일초식에 죽였으니 쓸 만한 수법이다.

공력의 소비도 그다지 크지 않다. 마구잡이로 펼치는 것이 아니라 빠른 눈으로 적들의 위치와 현재 취하고 있는 자세 등을 파악하는 즉시 초식을 전개했기 때문이다.

후와아앙!

팔백 년 공력에다 조화지경에 이르렀다고 해서 마음만 먹으면 적들을 주살할 수 있는 것이 아니다.

퍼퍼어억! 파파아앗!

이번에는 여덟 명의 적 중 네 명은 목이 잘려지고 네 명은 심장이 꿰뚫려서 나뒹굴었다.

졸지에 이십여 명이 죽어 나자빠지는데도 그들을 죽인 사람의 모습이 보이지 않자 흑천성군들은 우왕좌왕하며 날카롭게 주위를 둘러보았다.

연종초가 은형인 수법을 전개하자고 한 것은 뜻밖의 좋은 효과를 거두고 있다.

화운룡이 재빨리 둘러보니까 저만치 좌우에서 적들을 주살하는 광경이 보였다.

스읏―

그는 위로 솟구쳤다가 한복판에서 싸우고 있는 항아를 향해 쏘아갔다.

얼마나 빠른 속도로 쏘아갔는지 이쪽에 있던 그가 느닷없이 저쪽에 불쑥 나타난 것 같았다.

그는 항아 머리 위에서 하강하는 짧은 순간에 그녀가 싸우는 광경을 보고는 적잖이 감탄했다.

항아는 수십 명에게 둘러싸인 상황인데도 적들은 그녀의 반 장 이내에는 절대로 접근하지 못하고 있었다.

그녀는 몇 군데 상처를 입었지만 처음과 다름이 없는 빠르면서 힘찬 움직임을 보여주고 있었다.

쉬이잇!

카각! 파앗!

"크악!"

군더더기 하나 없는 매끄러운 동작으로 춤을 추듯이 빙글빙글 회전하면서 천추신도를 휘두르면 새파란 검기가 뿜어져서 적의 정수리를 쪼갠다.

이따금 목을 자르거나 심장을 찌를 때도 있지만 그녀는 주로 흑천성군의 투구를 쓰고 있는 정수리를 세로로 쪼개는 것을 즐겼다.

빠각!

천추신도는 정수리를 쪼개고 콧등까지 세로로 갈랐다가 빠져나오면서 또 다른 먹잇감을 향해 그어갔다.

팍!

화운룡이 내려서고 있을 때 장창 한 자루가 항아의 등허리를 찔렀다.

그때 항아는 오른쪽의 흑천성군 정수리를 쪼개고 있었는데, 그녀는 천추신도를 뽑으면서 빙글 반회전하며 자신의 등허리를 장창으로 찌른 적의 목을 잘랐다.

파아앗!

"끄윽!"

그 충격에 항아가 처음으로 크게 휘청거릴 때 화운룡이 그녀 옆에 내려섰다.

그녀의 공격이 잠시 주춤거리자 빽빽하게 둘러선 적들의 장창과 도가 기다렸다는 듯이 파도처럼 쇄도했다.

비틀거리고 있는 항아로서는 도저히 막아내지 못할 치밀하고도 강맹한 합공이다.

만약 이 순간에 화운룡이 나타나지 않았다면 그녀는 필경 죽고 말았을 것이다.

'류 니쟝⋯⋯.'

은형안 상태인 화운룡이 자신의 옆에 내려서고 있는 사실을 꿈에도 모르고 있는 그녀는 죽음이 임박한 최후의 순간에 화운룡의 모습을 떠올렸다.

휘이이잉!

빙글 한 바퀴 원을 그리는 무황검에서 팔백 년 공력이 실린 여의관천―여의천도가 쏟아져 나갔다.

스퍼퍼퍼어억!

다음 순간 항아의 가장 가까운 거리에서 원을 형성한 채 쇄도하고 있는 흑천성군 십칠 명이 한결같이 목이 뎅겅뎅겅 잘렸다.

가장 가까운 곳의 적 십칠 명의 머리통이 허공으로 둥실 떠오르고 머리를 잃은 몸뚱이들이 비틀거리면서 물러날 때 화운룡은 왼손으로 항아의 등허리를 찌른 장창을 잡았다.

"아⋯⋯."

항아는 보이지 않는 누군가 자신의 옆에 어깨를 맞대고 나타나서 장창을 잡는 순간 그가 화운룡이라는 사실을 즉시 알아차렸다.

굳이 화운룡에게서 풍기는 체취가 아니더라도 항아는 십

장 밖에서도 그의 존재를 느낄 수가 있다.

죽는 줄만 알고 있다가 느닷없이 화운룡이 나타나자 항아의 두 눈이 동그랗게 커지고 얼굴 가득 기쁨과 행복한 표정이 넘쳐흘렀다.

"류 니쨩……!"

항아는 장창의 뾰족한 날이 아랫배를 뚫고 두 뼘이나 튀어나와 있는데도 환한 표정으로 화운룡을 향해 돌아서려고 했으나 등허리를 관통한 장창 때문에 여의치 않았다.

화운룡이 왼손에 잡고 있는 장창에 약간의 공력을 주입하자 퍽! 하고 재가 되어 스러졌다.

화운룡은 그녀의 등허리의 상처에 손바닥을 대고 진기를 주입하여 지혈시켰다.

지금은 촌각만 지체해도 흑천성군들의 공격이 아귀 떼처럼 달려들어 뜯어먹을 상황이므로 급한 대로 지혈만 했다.

[치메 쨩, 조금 이따가 치료해 줄 테니까 아프더라도 조금만 참고 싸워라.]

[알았어요!]

항아는 종달새처럼 즐겁게 대답하는데 중상을 입은 사람 같지 않은 행복한 표정이다.

화운룡은 다시 여의관천—여의천도를 전방과 후미를 향해 각각 한 번씩 강하게 발출했다.

후우우웅!

그로써 이 장 이내의 흑천성군 삽십여 명이 목이 잘려 태풍에 휘말린 것처럼 날아갔다.

흑천성군들은 중상을 입은 항아가 그저 도를 이리저리 휘두르고 있을 뿐인데도 느닷없이 검기의 태풍이 휘몰아치자 어리둥절하여 주춤거렸다.

화운룡의 등장으로 용기백배한 항아가 어깨를 밀착시키며 묵언을 보냈다.

[류 니쨩, 저를 안고 십 장쯤 떠올라 보세요.]

화운룡은 즉시 왼팔로 항아의 가느다란 허리를 안고 수직으로 솟구쳐 올라 십여 장 높이에서 멈추었다.

아래쪽에서 흑천성군들이 위를 올려다보았다. 그들은 항아가 갑자기 혼자 솟구쳐 올랐다고 믿었다.

항아가 천추신도를 두 손으로 잡더니 머리 위로 꼿꼿하게 치켜세웠다.

그러고는 눈을 지그시 감고는 잠시 웅얼거리면서 주문 같은 것을 외웠다.

흑천성군들이 항아를 공격하려고 허공으로 우르르 솟구쳤다.

그때 갑자기 하늘이 어두컴컴해지는 것 같더니 곧 한밤중처럼 깜깜해졌다.

우르르릉!

그러고는 새카만 하늘에서 은은한 우렛소리가 흘러나왔다.

화운룡은 움찔했다.

'풍운조화를……?'

화운룡은 항아가 바람과 비, 천둥 번개를 마음먹은 대로 부리는 풍운조화지경에 이르렀음을 알게 되었다.

그는 부상무사가 이십적의 최고 경지에 도달하면 풍운조화를 마음대로 부릴 수 있다는 사실을 알고 있었는데 설마 항아가 그런 경지에 이르렀을 줄은 예상하지 못했다.

하지만 흑천성군들은 하늘이 온통 깜깜해졌는데도 아랑곳하지 않고 항아를 향해 솟구치며 공격을 퍼부었다.

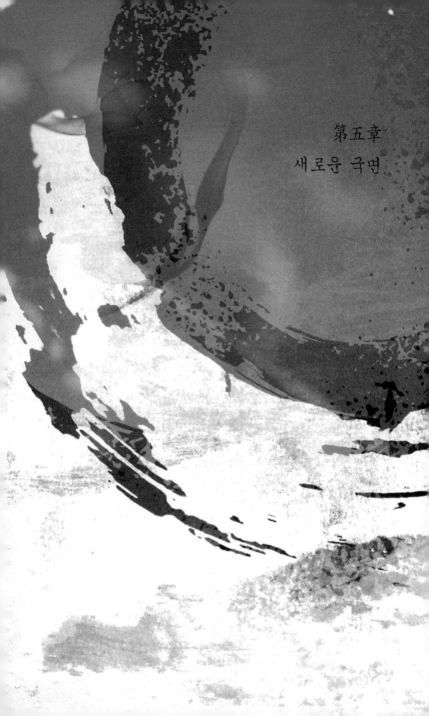

第五章
새로운 국면

그러나 흑천성군들의 공격은 이어지지 않았다.

항아가 눈을 번쩍 뜨고 낭랑하게 외쳤다.

"번개!"

번쩍!

한순간 새파란 섬광이 캄캄했던 주위를 대낮처럼 밝혔다.

파츠츠츠춧!

그러고는 암천(暗天)에서 여러 갈래의 번갯불이 구불구불 갈

지자를 그리면서 내리꽂혔다.

세상천지에 번개보다 빠른 것은 없다. 그러므로 번개는 절

대로 피하지 못한다.

갈지자의 번갯불들이 허공으로 솟구치면서 공격하고 있는 흑천성군들을 산적 요리를 하듯이 가차 없이 꿰뚫었다.

파아아앗!

"으악!"

"흐악!"

꽈르르르릉!

그 직후에 천지를 뒤집어엎을 듯한 엄청난 굉음이 터졌다.

그 한 번의 벼락으로 삼십여 명의 흑천성군들이 통구이가 돼버렸다.

번개가 관통한 자들은 즉사하여 몸뚱이에서 뿌연 연기를 뿜어내고 있는데 숯덩이 같은 몰골이 됐다.

그때 항아가 천추신도를 머리 위 캄캄한 하늘로 뻗은 채 다시 외쳤다.

"번개!"

번쩍!

그녀의 말이 떨어지기 무섭게 섬광이 주위를 대낮처럼 밝히더니 이번에도 여러 갈래의 번갯불이 지상으로 무시무시하게 내리꽂혔다.

파파츠으으읏!

항아는 연속으로 세 번 번개를 일으켰으며 그것으로 백여 명의 흑천성군을 죽였다.

거기까지가 항아의 한계다.

"하아아… 하악… 더 이상 못 하겠어요……."

항아는 머리 위로 세웠던 천추신도를 아래로 늘어뜨리면서 몸이 축 늘어지며 가쁜 숨을 쉬었다.

그녀가 화운룡 품에 안기자 새카맣던 하늘이 즉시 원래의 환한 대낮으로 돌아왔다. 그녀가 부렸던 풍운조화가 풀어진 것이다.

화운룡은 그녀를 두 팔로 안고 대연무장 외곽의 소명계로 쏘아갔다.

흑천성군들이 보면 축 늘어져서 혼절한 항아가 저절로 쏜살같이 날아가는 것 같았다.

화운룡은 항아를 소명계 안에 눕혀놓고 다시 흑천성군 무리로 돌아왔다.

흑천성군은 이제 이백여 명쯤 남아 있는 상황이며, 은형인이 된 연종초와 옥봉, 자봉이 세 방향에서 치열하게 싸우고 있는 중이다.

은형인으로 변한 상태라서 그녀들의 모습은 보이지 않지만 그녀들이 전개하는 수법을 보면 누군지 알 수 있다. 세 여자 각자 전개하는 수법이 다르다.

연종초와 옥봉, 자봉은 다들 욕심 부리지 않고 영리하게 싸우고 있는 중이다.

전력을 다해서 한꺼번에 여러 명을 죽이고 싶으며 그럴 만한 능력이 있기도 한데, 그렇게 하면 자신의 위치가 드러날 것이기 때문에 이리저리 빠르게 옮겨 다니면서 일초식에 꼭 한 명씩만 죽이고 있다.

화운룡은 허공에서 재빨리 그녀들 세 곳의 상황을 살펴보고는 옥봉에게 날아갔다.

[봉애.]

화운룡은 옥봉이 놀랄까 봐 그녀가 있을 만한 곳 주변에 내려서며 이어전성을 보냈다.

[용공, 저 여기에 있어요.]

화운룡은 옥봉의 목소리로 그녀의 위치를 짐작하여 재빨리 다가가서 그녀의 오른쪽 옆에 섰다.

[봉애, 이제부터 우리가 초식을 한 번 전개할 때마다 구궁(九宮)의 위치로 회전하는 거야.]

[알겠어요.]

화운룡이 자신의 곁에 있다는 사실만으로 옥봉은 용기백배하여 목소리가 밝아졌다.

그때부터 두 사람은 구궁의 위치를 밟으면서 나아가며 한 번 공격에 네다섯 명씩의 적을 거꾸러뜨렸다.

흑천성군은 무적고수들이지만 오늘은 상대를 잘못 골라도

너무 잘못 골랐다.

더구나 보이지 않는 적과의 싸움이라니, 흑천성군은 온갖 훈련을 다 받았지만 보이지 않는 적과 싸우는 훈련을 받은 적은 한 번도 없었다.

"악!"

그때 귀에 익은 여자의 비명 소리가 터졌다.

[봉령이에요!]

옥봉이 이어전성으로 외치자 화운룡은 그녀의 팔을 잡고 번쩍 신형을 날려 비명 소리가 들려온 곳으로 쏘아갔다.

과연 흑천성군은 강했다.

자봉이 적들을 일초식에 한 명씩만 죽였는데도 흑천성군은 보이지 않는 암중의 그녀가 일정한 방식으로 초식을 전개하고 있다는 사실을 간파해 냈다.

그래서 그녀가 다음에 옮겨갈 위치를 향해서 흑천성군 다섯 명이 합공을 한 것인데 그중에 한 명의 도가 그녀의 몸을 세로로 가른 것이다.

도는 그녀의 왼쪽 가슴에서 세로로 그어져 복부를 지나 오른쪽 허벅지 바깥쪽으로 빠져나갔다.

도흔의 길이가 두 자에 이르고 상처가 깊어서 금세 피가 콸콸 쏟아졌다.

비틀거리는 자봉은 공력이 급속도로 흩어져서 은형인이 풀려 모습이 드러나기 시작했다.

그 순간 기다렸다는 듯이 흑천성군들의 합공이 그녀의 한 몸에 소나기처럼 쏟아졌다.

쐐애액!

쾌애액!

자봉은 방금 일도를 당해서 온몸에 힘이 하나도 없어 피하지도 못한 채, 자신에게 쏟아지는 수십 자루 장창과 도를 보면서 얼굴 가득 절망이 떠올랐다.

"아아······."

바로 그때 허공의 한쪽 방향에서 위맹한 무형의 경기가 거센 파도처럼 휘몰아쳤다.

휘이잉!

화운룡이 여의관천—여의천도를 전력으로 발출한 것이다.

파파파아앗!

"크악!"

"와악!"

그 한 초식으로 흑천성군 일곱 명이 한꺼번에 목이 날아갔으며, 그보다 두 배에 가까운 자들이 강력한 경기에 휩쓸려 내상을 입은 채 비틀거리면서 물러났다.

그들이 정신을 차렸을 때 조금 전에 모습을 드러내고 있던 자봉은 감쪽같이 사라지고 없었다.

화운룡은 자봉을 안아서 소명계 안으로 옮겼다.

"봉애는 여기에서 잠시 쉬도록 해."

"용공, 저도 싸우겠어요."

자봉이 당하는 것을 본 화운룡은 옥봉이 걱정이 돼서 그렇게 말했는데 뜻밖에 옥봉은 강경했다.

더구나 옥봉은 화운룡을 만난 이후 그의 말을 거역하거나 반박한 적이 한 번도 없었다.

"봉애."

그렇지만 자봉과 비슷한 무공 수준을 지닌 옥봉이 이미 많이 지쳤는데도 불구하고 다시 싸우러 갔다가 부상을 당하거나 심하면 죽을 수도 있을 가능성이 매우 높기에 화운룡은 물러서지 않았다.

"내 말 들어. 적들이 이제 얼마 남지 않았으니까 나하고 종초가 다 해치우고 올게."

그렇게 말하면서도 화운룡은 혼자서 싸우고 있을 연종초가 걱정되어 초조했다.

옥봉은 금방이라도 울 것 같은 표정이다.

"용공께서 소녀를 걱정하시는 것은 잘 알아요. 그렇다면 소녀는 용공이 걱정되지 않겠어요? 그러니까 소녀가 함께 가서 한 명의 적이라도 더 죽이도록 허락해 주세요."

옥봉도 화운룡과 같은 심정이었다. 이거야말로 인지상정이다. 화운룡이 옥봉을 걱정하는데 그녀라고 남편을 싸움터에혼자 보내놓고서 마음이 편하겠는가.

부상자들을 돌보고 있던 선봉이 참견을 했다.

"그럼 두 분이 양체합일을 하시면 되겠네요."

소명계에 들어온 화운룡과 옥봉은 은형인을 풀고 벌거벗은몸으로 서 있지만 선봉은 두 사람의 나신을 보는 것을 크게어색하게 여기지 않았다.

여기에 있는 여자들은 화운룡의 부인이거나 제자, 그리고미래에 수십 년 동안 함께 생활한 그림자 같은 최측근들이라서 서로에게 허물이 없는 사이다.

화운룡의 제자인 선봉과 한봉이 그와 지낸 시일이 가장 짧아서 이런 상황이 어색할 수도 있지만, 젊은 한봉은 혈전에당해서 생사의 고비를 알 수 없는 상태이고, 방금 말을 한 사십사 세의 선봉은 화운룡에게는 어머니뻘이라서 부끄러워할이유 같은 게 없다.

선봉의 제안에 화운룡은 고개를 끄떡였다.

"그게 좋겠군."

그는 옥봉을 쳐다보았다.

"봉애, 불만 있나?"

옥봉은 방긋 미소 지었다.

"불만 없어요."

옥봉은 싸움터에 뛰어들어 직접 싸우지는 못하지만 자신의 공력을 고스란히 화운룡이 사용하여 더 많은 적들을 죽일 수 있으므로 불만이 있을 수가 없다.

"이번에는 이렇게 할게요."

자신이 싸우지 않을 것이라서 구태여 앞을 보고 있어야 할 이유가 없는 옥봉은 아무 생각 없이 화운룡을 마주 보는 자세로 그의 발등을 딛고 올라서며 말했다.

"어……"

화운룡은 어정쩡한 표정을 지었다.

옥봉이 마주 보는 자세로 그의 발등을 딛고 올라서 몸을 밀착시키자 두 사람의 민감한 부위가 닿았기 때문이다.

더구나 두 사람은 벌거벗은 상태이고 화운룡은 상대가 사랑하는 옥봉이다 보니까 몸이 아주 정직하게 반응까지 해버리는 난감한 상황이다.

"아……"

옥봉은 뒤늦게 이 자세가 매우 민망하다는 사실을 깨닫고는 당황해서 어쩔 줄 몰랐다.

화운룡이 헛기침을 했다.

"험! 어험! 아무래도 봉애는 이곳에 남는 게 좋겠군."

"저, 절대 그럴 수 없어요."

옥봉은 그가 떼어내기라도 할까 봐 폴짝 뛰어서 두 발로 그의 허리를 감고 두 팔로는 목을 안으며 찰싹 매달렸다.

그 직후에 옥봉은 방금 자신의 행동이 최악의 자세를 만들어냈다는 사실을 깨달았다.

옥봉은 얼굴이 새빨개져서 화운룡 어깨에 얼굴을 묻고 조그만 목소리로 더듬거렸다.

"소… 너는 남는 게 좋겠어요……."

화운룡은 연종초와 같이 싸우는 것이 좋겠다고 판단했다.

은형인으로 변한 그는 연종초가 있을 것이라고 짐작되는 곳에 날아 내렸다.

연종초는 화운룡이 자신의 왼쪽에 내려섰다는 사실을 즉시 알아차렸다.

[서방님, 괜찮아요?]

[너는 다치지 않았느냐?]

연종초는 왼손으로 화운룡의 팔을 잡고 위치를 이동하면서 행복한 표정으로 노래하듯 말했다.

[서방님의 명령도 없는데 천첩이 다칠 리가 있겠어요?]

그녀의 말인즉 자신이 다치는 것도 화운룡의 허락이 있어야지만 가능하다는 것이다.

치열하고도 지루한 싸움이 마침내 끝났다.

흑천성군은 과연 대단했다.

그들 한 명, 한 명이 절정고수로서 무서운 실력을 발휘했다는 사실을 차치하고서라도, 그들이 단 한 명도 도주하지 않고 끝까지 싸우다가 한 명도 남김없이 전멸했다는 사실은 적이지만 존경할 만했다.

"하아아… 하아… 서방님. 어디에 계세요?"

연종초가 가쁜 숨을 몰아쉬면서 주위를 두리번거렸다.

"여기."

화운룡은 은형인을 풀고 모습을 나타냈다.

불과 삼 장 거리에 있던 연종초가 은형인을 풀면서 그에게 종종걸음으로 바삐 다가왔다.

"서방님, 다치지 않으셨어요?"

늘씬한 그녀가 풍만한 가슴을 출렁거리면서 빠른 걸음으로 다가오자 화운룡은 눈을 게슴츠레 뜨며 미소 지었다.

"종초, 이제 보니까 예쁜 몸을 가졌구나."

"어머?"

연종초는 깜짝 놀라는 표정만 지었을 뿐이지 조금도 부끄러워하지 않았다.

오히려 가까이 다가와서 잘 보라는 듯 두 손을 허리에 얹고

생긋 미소 지으며 말했다.

"그걸 지금 아셨어요?"

화운룡은 손가락으로 동그라미를 그렸다.

"한 바퀴 돌아라."

"이렇게요?"

연종초는 그가 자신의 몸을 감상하려는 것이라는 생각에 제 딴에는 우아한 동작으로 제자리에서 한 바퀴 돌았다.

"잠깐."

화운룡은 손을 뻗어 연종초의 어깨를 잡았다. 그녀의 뒷목과 어깨 뒤쪽에 상처가 있는 것을 발견한 것이다.

그는 그녀가 다치지 않았는지 알아보려고 한 바퀴 돌라고 했던 것이다.

"좀 숙여봐라."

"……"

화운룡이 뒤에 서서 상체를 누르자 연종초는 적이 당황해서 마른침을 꼴깍 삼켰다.

그녀는 자신의 엉덩이가 화운룡 몸에 닿자 움찔 놀라며 심장이 미친 듯이 쿵쾅거렸다.

화운룡은 무황검을 땅에 내려놓고 그녀에게 조금 더 밀착하면서 손바닥으로 뒷목과 어깨의 상처를 쓰다듬으며 명천신기를 주입했다.

"아이… 서방님, 이런 곳에서 무엇을……."

연종초가 엉덩이를 흔들자 화운룡이 움직이지 못하도록 왼팔로 그녀의 허리를 감았다.

"가만히 있어라. 금세 끝난다."

*   *   *

연종초는 지금 일어나고 있는 상황을 은근히 오해를 하여 자신만의 다른 기대를 하고 있었다.

흑천성군과의 싸움이 끝났으며 두 사람은 나신이었다. 화운룡이 뒤에 서 있고 그녀가 허리를 굽히고 있으므로 그다음에 무슨 일이 벌어질 것인지 그녀가 묘한 상상과 기대를 하는 것이 그다지 지나친 일은 아니다.

그러나 뭐 눈에는 뭐만 보인다는 속담이 이럴 때 적당히 어울리는 것 같은 느낌은 무엇일까.

그런데 그때 뒷목과 어깨를 통하여 부드럽고 따스한 기운이 주입되는 것을 느끼고 그녀는 화운룡이 자신의 상처를 치료했다는 사실을 깨달았다.

"아……."

화운룡은 흉터조차 남지 않은 그녀의 상처에서 손을 떼며 빙그레 미소 지었다.

"이제 됐다."

연종초는 자신이 오해를 했다는 겸연쩍음을 배시시 미소로 감추면서 그를 향해 돌아섰다.

"서방님은 다치신 데 없나요?"

"없어."

화운룡과 연종초는 나란히 서서 손을 잡고 대연무장을 천천히 둘러보았다.

드넓은 대연무장에 서 있는 사람은 화운룡과 연종초 두 사람뿐이었다.

연종초를 죽이겠다고 하늘을 온통 시커멓게 뒤덮으며 나났던 흑천성군은 세 시진의 혈전 끝에 전멸했다.

대연무장에는 땅바닥이 보이지 않을 정도로 흑천성군 천 명의 시체들이 빼곡하게 뒤덮여 있었다.

몸뚱이에 여러 차례 칼질을 당한 시체는 거의 없으며 대부분 일검에 목이 잘라지거나 정수리가 세로로 쪼개지고 또는 심장이 찔려서 죽음을 당한 시체들뿐이다.

천 명이 흘린 피가 대연무장 땅바닥에 흥건하게 고였으며 한쪽 방향으로 피의 냇물을 이루어서 흐르고 있다.

대연무장을 붉게 물들인 석양 아래 구불구불 흐르는 핏물에 천 명의 넋이 깃들어서 같이 흐르고 있는 듯했다.

그리고 그것이 이승과 저승 사이에 놓인 망각의 강처럼 보이기도 했다.

　하긴 이승의 화운룡과 연종초가 피의 강 곳곳에 죽어 있는 시체들을 보고 있으니 이곳이 바로 이승과 저승을 갈라놓는 경계인 것 같았다.

　화운룡이 그런 생각을 하면서 잠시 상념에 젖어 있는데 연종초는 그를 마주 보고 오도카니 서서 그윽한 눈빛으로 그를 올려다보았다.

　"서방님, 고마워요."

　그녀의 커다란 두 눈에 다정한 사랑이 듬뿍 담겼으며 눈물까지 찰랑찰랑 고였다.

　"서방님을 내 손으로 죽였다는 자책으로 살았던 세월은 하루하루가 지옥 같았어요……."

　그녀의 눈보다 더 하얀 백발이 미풍에 가벼이 나부끼며 그당시에 그녀가 얼마나 절망적인 심정이었는지를 대변하는 것 같았다.

　화운룡이 물어보지는 않았지만 필경 그녀는 화운룡의 죽음 때문에 지나치게 괴로워하다가 머리카락이 백발로 변해 버린 것일 게다.

　"그런데 어느 날 갑자기 서방님께서 살아서 천첩 앞에 나타나시고… 그때부터 천첩의 삶이 완전히 변했어요……."

그녀의 두 눈에 가득 고여 있던 눈물이 기어코 주르륵 흘러
내렸다.

"천첩은 지금 너무 행복해요… 지금 당장 죽는다고 해도 아
무런 소원이나 한이 없어요……."

화운룡은 연종초를 부드럽게 안았다.

"종초야, 내가 오히려 너에게 고맙다."

"아니에요… 그렇지 않아요……."

화운룡은 그녀의 등을 부드럽게 쓰다듬었다.

"네 덕분에 내가 천외신계와 싸워야 하는 일이 없어지지 않
았느냐?"

연종초는 그의 품으로 깊이 파고들었다.

"천첩이 아니라 서방님 덕분이에요. 서방님께서 천첩을 받
아주셨잖아요."

"이렇게 예쁜 너를 어찌 받아주지 않겠느냐? 그러면 나만
손해지."

"서방님……."

연종초는 너무나 행복해서 이대로 온몸이 녹아 사라져 버
릴 것만 같았다.

그녀는 세상에 이런 행복이 존재한다는 사실을 처음 알게
되었다.

행복에 여러 단계가 있다면 자신은 행복의 맨 꼭대기에 올

라와 있는 것 같았다.

그런데 그것도 아닌 것 같다. 그녀가 생각하기에는 행복에는 이상한 구성이 하나 있는 듯했다.

그녀가 경험해 본 바에 의하면, 슬픔이나 절망은 자꾸 가라앉다 보면 밑바닥에 닿을 때가 있는데, 이 행복이라는 것은 꼭대기가 없는 것 같았다.

화운룡과 재회를 해서 그의 인정을 받았을 때에는 중원천하를 정복한 것과는 비교가 되지 않을 정도로 기쁘고 행복했으며 그것이 최고 절정이라고 믿었다.

그런데 그 이후에 화운룡과 생활하면서, 행복의 최고 절정이라고 믿었던 기록이 매일 자꾸만 새롭게 경신되는 것이 아닌가.

연종초는 그런 일이 너무나도 신기해서 죽을 지경이다. 오늘 이게 행복의 최고 절정이라고 믿었던 것이 내일이면 저 아래로 내려가 버리고 새로운 행복의 최고 절정에 그녀가 올라와 있는 것이다.

연종초는 지금도 너무너무 행복해서 눈물을 펑펑 흘릴 정도이며 이것이 행복의 최고 절정일 것이라고 믿는다.

그렇지만 내일이 되면 화운룡이 그녀를 더 행복하게 만들어줄 것이라는 사실을 알고 있다.

아니다. 내일까지 기다릴 필요가 없다.

화운룡이 자신보다 머리 하나 반 정도 작은 연종초의 허리를 잡고 번쩍 들어 올려서 살짝 입술을 포갰다.

그때 연종초는 지나치게 행복해져 버리면 자신이 죽을지도 모른다는 두려움이 일었다.

그래도 괜찮다. 죽어도 좋다. 그녀는 두 다리로 화운룡의 허리를 감고 두 팔로 그의 목에 결사적으로 매달리며 어린아이가 엄마 젖을 찾듯이 입맞춤을 했다.

일룡십봉은 운룡재로 자리를 옮겼다.

"봉령이 가장 위험해요."

옥봉이 화운룡의 손을 잡고 자봉이 침상에 누워 있는 방으로 이끌었다.

"림아와 한봉은 어때?"

"두 사람도 위험하지만 아직 혈전이 꽂혀 있는 상태라서 봉령보다는 조금 낫다고 할 수 있어요."

침상에는 자봉이 나신에 반듯한 자세로 누워 있는데 정신을 잃지 않은 덕분에 눈을 말똥거리며 천장을 말끄러미 바라보고 있다가 화운룡을 돌아보았다.

"용공······."

옥봉이 침상 가에 다가와서 처참한 몰골의 자봉을 굽어보며 눈물을 글썽거렸다.

"아프지 않니?"

자봉은 핏기 한 점 없는 얼굴로 입술 끝으로만 흐릿하게 미소를 지어보였다.

"난 괜찮아……."

화운룡이 보기에도 자봉의 모습은 처참하기 이를 데가 없어서 저절로 눈살이 찌푸려졌다.

그녀의 왼쪽 가슴에서 오른쪽 허벅지까지 비스듬히 세로로 그어진 상처는 쩍 벌어져서 시뻘건 속살이 드러났으며 거기에 피딱지가 앉았다.

지혈을 시켜서 더 이상 피가 흐르지는 않지만 왼쪽 유방이 마치 수박을 절반으로 쪼갠 것처럼 갈라져 있으며 그 아래 깊게 베어진 복부에서는 내장이 조금 흘러나와 있었다.

소명계 안에서, 그리고 자봉을 운룡재로 옮기는 과정에 계속 내장이 흘러나오는 것을 손으로 쑤셔 넣었다.

옥봉은 눈물이 흐르려는 것을 입술을 깨물면서 간신히 참으며 고개를 돌렸다.

"용공, 소녀가 도울 일이 있나요?"

"괜찮아."

"소녀는 나가 있을 테니까 치료가 끝나면 부르세요."

화운룡이 어떤 방법으로 치료를 하는지 잘 알고 있는 옥봉은 조심스럽게 방을 나갔다.

화운룡은 침상 위로 올라가서 자봉 옆에 단정한 자세로 앉아 상처를 살펴보았다.

자봉이 초롱초롱한 눈으로 그를 바라보면서 물었다.

"어때요? 형편없나요?"

그녀는 싸우다가 당한 직후에 화운룡에 의해서 소명계로 옮겨진 이후 자신의 몸을 한 번도 보지 못한 채 줄곧 누워 있었기 때문에 어떤 상태인지 알지 못한다.

"예뻐."

자봉은 눈을 동그랗게 떴다.

"뭐가요?"

"전부 다."

자봉은 몸의 기능은 완전히 상실하고 간신히 머리만 살아 있는 상태라서 고통조차 느끼지 않았다.

자봉은 입술을 삐죽거렸다.

"필경 엉망진창일 텐데 예쁠 리가 있겠어요? 보지 않아도 다 알아요."

"아… 그래."

화운룡은 어줍지 않게 자봉을 위로하려고 했는데 그런 경험이 없다 보니까 뜻대로 되지 않았다.

"그거라니, 용공은 뭘 말한 거예요?"

"가슴이랑… 뭐 그런 거."

자봉은 얼굴을 붉히며 그를 곱게 흘겼다.

"누… 누가 그런 거 물어봤어요……?"

"미안해."

"좀 일으켜 주세요."

자봉의 요구에 화운룡은 망설임 없이 베개를 돋우어 그녀의 상체를 비스듬히 일으켜서 자신의 몸을 굽어볼 수 있도록 해주었다.

자신의 몸을 처음으로 보게 된 자봉의 눈이 점점 더 커지더니 나중에는 화등잔처럼 부릅떠졌다.

그녀는 입을 크게 벌리고 있지만 너무도 끔찍한 자신의 상처를 보고는 아무 말도 하지 못했다. 설마 이 정도일 줄이야 상상하지 못했었다.

화운룡은 자봉이 큰 충격을 받은 모습을 보고서야 상체를 일으켜 주지 말 걸 괜히 그랬나 하는 후회가 생겼다.

그 정도로 그는 타인, 특히 여자의 심리를 헤아리는 데에는 문외한이다.

그는 뒤늦게 자봉을 다시 눕히려고 했다.

"치료할 테니까 눕자."

"그냥 놔두세요."

"봉령아."

"설마… 나 죽는 건가요?"

그녀는 새하얗게 질린 얼굴로 자신의 끔찍한 상처를 굽어보면서 더듬거렸다.

"네 생각에 내가 널 죽일 것 같으냐?"

자봉은 고개를 돌릴 힘조차 없어서 눈동자만을 굴려 화운룡을 보고는 다시 자신의 몸을 굽어보았다.

"아뇨."

"이제 치료하마."

화운룡이 명천신기를 끌어 올리고 있을 때 자봉이 조용한 목소리로 말했다.

"저 살 수 있을까요?"

화운룡은 빙그레 미소 지었다.

"너 죽으면 내가 네 소원 다 들어주마."

자봉은 입술을 삐죽거렸다.

"죽으면 그만인데 소원이 무슨 소용이람?"

"어… 그런가?"

"제가 살아나면 소원을 들어주세요."

화운룡은 선선히 고개를 끄떡였다.

"알았다."

그는 자봉을 쳐다보았다.

"이제 치료해도 되겠니?"

"부탁해요."

대답하면서 자봉은 눈을 감는 대신 더욱 눈에 힘을 주어 자신의 몸을 주시했다.

　화운룡은 먼저 수박을 쪼개놓은 것 같은 왼쪽 젖가슴을 조심스럽게 두 손으로 모았다.

　이어서 명천신기를 주입하려는데 자봉이 지적했다.

　"용공 손에 힘을 좀 빼세요. 그렇게 힘을 줘서 잡고 치료를 한다면 가슴의 모양이 이상하게 고쳐질 거예요."

　"아… 알았다."

　화운룡은 얼른 두 손에 힘을 빼고 조심스럽게 젖가슴을 바로잡았다.

　"그리고 그것도 잘 맞추세요."

　"그거라니 뭐 말이냐?"

　자봉은 발끈했다.

　"가슴이 삐뚤어졌잖아요!"

　"아… 그, 그렇군."

　왼쪽 젖가슴 유두 한가운데가 정확하고도 예리하게 갈라졌는데 지금 화운룡이 잡고 있는 상태로 치료가 된다면 짝짝이가 될 것이다.

　화운룡은 손가락을 움직여서 잘 맞추고 나서 자봉을 쳐다보았다.

　"봉령아, 눈 감아라."

"싫어요. 치료가 끝나고 나서 삐뚤빼뚤한 제 몸을 보고 싶지 않아요."

"설마 그러기야 하겠느냐?"

"지금 용공 하는 걸 봐서는 그러고도 남을 것 같아요. 그러니까 제가 지켜봐야만 해요."

화운룡은 조금 전에 젖꼭지를 비뚤어진 상태로 치료하려다가 들킨 일이 뼈아프게 후회됐다.

"자, 잠깐……."

상체를 다 치료한 화운룡이 자봉의 다리를 넓게 벌리고 허벅지 안쪽의 깊은 상처를 향해 오른손을 뻗자 그녀가 당황한 목소리로 제지했다.

"또 왜 그러느냐?"

화운룡이 의아한 듯 쳐다보자 자봉은 조금 떨리는 목소리로 요구했다.

"거… 기는 손대지 말고 치료하세요."

화운룡은 어이없는 표정을 지었다.

"손대지 않고 어떻게 치료를 하느냐?"

"……."

자봉의 상처는 아랫배와 은밀한 부위, 그리고 오른쪽 허벅지로 이어졌는데 그녀는 은밀한 부위에 손을 대지 말라고 요구하는 것이다.

*　　　　*　　　　*

자봉은 눈을 감았다.

"알았어요. 치료하세요."

화운룡이 다리를 조금 더 넓게 벌리자 자봉이 참지 못하고 또 한마디 했다.

"왜 자꾸 다리를 벌리는 거죠?"

"네 눈으로 똑똑히 봐라. 어디에 상처가 났는지를."

화운룡은 자봉의 어깨를 잡고는 상체를 세워서 앞으로 조금 끌어당겼다.

자봉은 눈을 동그랗게 뜨고 왼쪽 가슴부터 찬찬히 아래로 살피면서 내려가다가 놀라움 때문에 눈이 점점 더 커다랗게 떠졌다.

왼쪽 가슴과 그 아래 복부는 언제 다쳤느냐는 듯이 말짱했다. 긁힌 흔적조차 없었다.

아까 봤을 때는 왼쪽 가슴이 절반으로 갈라져서 흉측했던 것이 착각처럼 여겨질 정도다.

"아아… 정말 굉장해요……."

"아래쪽을 봐라."

화운룡의 말에 시선을 복부 아래쪽으로 내리던 자봉의 두 눈이 한정 없이 커졌다.

배꼽 아래까지는 치료를 해서 말짱한데 그 아래 우거진 수풀부터 오른쪽 허벅지까지 쩍 갈라져서 붉은 속살이 드러난 끔찍한 모습이다.

시야에 잘 보이는 허벅지는 갈라진 부위가 까발려져서 너무 넓게 벌어져 있었다.

자봉은 떨리는 목소리로 조심스럽게 물었다.

"설마… 거… 거기도 다쳤나요?"

"이 지경인데 거기라고 무사하겠니?"

자봉의 얼굴이 새하얘졌다. 아주 짧은 시간에 그녀의 머릿속에서 별별 생각이 다 들었다.

이런 몸을 갖고 여자로서 시집은 갈 수 있는 것인지, 앞으로 혼인을 하게 되면 부부생활은 괜찮을지, 그리고 아이는 제대로 낳을 수 있을 것인지 갑자기 걱정거리가 우후죽순처럼 마구 떠올랐다.

갑자기 그렇게 많은 생각들이 머릿속을 가득 채웠다는 사실이 신기할 정도다.

"요… 용공… 치료할 수 있어요?"

화운룡은 팔짱을 꼈다.

"손을 대지 않고는 치료 못 한다."

"소, 손대도 돼요."

지금은 손을 대는 것이 문제가 아니다.

"알았다."

"눕혀주세요."

자봉은 지금부터 화운룡이 치료하는 것을 지켜보고 있을 용기가 생기지 않았다.

화운룡은 자봉의 치료를 무사히 끝냈다.

"옷 입어라."

그가 무심하게 한마디 던지고는 방을 나가려고 하자 자봉이 누운 채 그의 뒷모습을 보면서 말했다.

"제 소원을 말할게요."

"무슨 소원?"

자봉은 치료가 끝났기에 본래의 깨끗한 몸을 되찾았지만 일어나지 않고 항의하듯 따졌다.

"제가 살아나면 소원 한 가지 들어주신다고 그랬잖아요."

치료하기 전에 자봉이 그런 말을 했었는데 화운룡은 허투루 들었다.

"뭐냐?"

"저를 네 번째 부인으로 받아주세요."

"뭐어?"

화운룡은 어이없는 얼굴로 그녀를 쳐다보다가 대꾸할 가치도 없다는 듯 그대로 방을 나가 버렸다.

탁!

방문이 닫히고 나자 안쪽에서 자봉의 울먹이는 목소리가 흘러나왔다.

"다들 용공의 부인이 되는데 어째서 저는 안 되는 거죠……?"

명림과 한봉은 방바닥에 앉혀 있었다. 혈전이 뒤통수와 뒷목을 관통한 탓에 눕힐 수 없기 때문이다.

그녀들은 혈전을 맞은 직후에 혼절하여 아직까지 한 번도 깨어나지 못했다.

화운룡은 그녀들 앞에 앉아서 한 사람씩 상태를 자세히 살펴보았다.

명림은 혈전이 뒤통수로 들어가서 화살촉이 턱 바로 아래 목을 뚫고 두 뼘이나 튀어나왔다.

한봉은 뒷목으로 위에서 아래로 비스듬히 뚫고 들어간 혈전의 화살촉이 목 아래로 길게 튀어나온 모습이다.

화운룡은 두 여자를 한 사람씩 진맥해 보았다. 명림은 맥이 거의 뛰지 않아서 죽은 것이나 다름이 없을 정도이고, 한봉은 명림보다는 아주 조금 나은 편이다.

한봉이 나은 편이라고 하지만 죽은 것이나 다름이 없다는 점에서는 명림이나 별 차이가 없다.

화운룡이 아니라면 천하의 어느 누구도 명림과 한봉을 살리지 못할 것이다.

아니, 화운룡이라고 해도 그녀들을 살릴 수 있다고 장담하기가 어려울 정도로 좋지 않은 상황이다.

명림과 한봉의 현재 상태는 죽음이 구 할이고 삶이 일 할에 불과할 정도로 매우 좋지 않았다.

화운룡은 지금까지 죽어가는 많은 사람들을 명천신기로 구했었지만 지금 명림과 한봉처럼 절망적인 경우는 처음이라서 그녀들을 살릴 수 있다고 자신하지 못했다.

실내에는 옥봉과 연종초, 항아를 비롯하여 조금 전에 치료를 끝낸 자봉까지 여덟 명의 여자들이 모여서 화운룡을 예의 주시하고 있다.

화운룡은 이제 곧 먼저 치료하게 될 명림을 물끄러미 바라보았다.

그와 명림은 말로는 설명하기 어려운 참으로 길고도 질긴 인연으로 이어져 왔다.

옥봉이나 연종초, 자봉 등은 화운룡이 과거로 회귀하고 나서야 새로운 인연을 만들어서 이어가고 있는 사이지만, 명림은 미래에서 화운룡과 사십이 년 동안이나 한솥밥을 먹으면서 그의 그림자로 살았다.

그뿐만이 아니라 명림은 화운룡이 과거로 회귀하여 태주현의 초라하기 짝이 없는 가문인 해남비룡문을 비룡은월문으로 성장시키는 과정에 극적으로 상봉하여 그때부터 줄곧 생사고락을 함께했었다.

다른 사람들은 절대로 이해하지 못하고 할 수도 없는 무척이나 끈끈한 정과 유대감을 그는 미래의 최측근인 명림이나 항아, 손설효에게 갖고 있는 것이다.

그런 화운룡의 심정을 항아와 손설효는 누구보다 잘 알고 있다. 그녀들 역시 미래에서 화운룡과 함께 수십 년 동안 동고동락했었기 때문이다.

명림과 마주 보고 앉아서 물끄러미 그녀를 응시하며 심각한 표정을 짓고 있는 화운룡은 솔직히 그녀를 꼭 살릴 수 있다는 확신을 갖지 못했다.

그 정도로 명림의 상태가 위중했다. 그녀는 차라리 이미 죽었다고 보는 편이 맞았다.

이윽고 그는 치료를 시작하기 위해서 손을 뻗어 명림의 턱 아래로 삐져나온, 피가 말라붙은 혈전의 화살촉을 조심스럽게 움켜잡았다.

스으으…….

그가 약간의 공력을 주입하자 혈전이 아주 미세한 가루가 되어 흩어져 버렸다.

그러고는 기다렸다는 듯이 명림의 뚫어진 턱 아래의 구멍으로 피가 콸콸 쏟아졌다.

화운룡은 즉시 손을 뻗어 몇 군데 혈도를 눌러 지혈을 하고 나서 지그시 눈을 감고 공력을 극한으로 끌어 올렸다.

아까 자봉 같은 경우에는 그저 명천신기를 일으켜서 상처를 쓰다듬으면서 치료를 하면 됐지만 명림은 상태가 매우 위중하여 최선과 전력을 다하지 않으면 안 되기 때문이다.

우우우……

가부좌의 자세로 앉아 있는 화운룡 주위의 공기가 은은하게 격탕하기 시작했다.

옥봉을 비롯한 여덟 명의 여자들은 몹시 긴장한 얼굴로 화운룡을 지켜보았다.

그녀들은 화운룡이 진기를 끌어 올리는 것을 보고 명림이 매우 위중하다는 사실을 직감했다.

화운룡이 다친 사람을 치료하는 것을 여러 번 본 옥봉 등은 그가 지금처럼 공력을 끌어 올리는 광경을 처음 보았다.

그때 지그시 눈을 감고 있는 화운룡의 몸 주위에 여러 색깔의 운무가 부옇게 피어났다.

모두 일곱 가지 색깔이며 층층이 생긴 칠채운무가 느릿하게 그의 몸을 중심으로 회전을 했다.

여덟 명의 여자들은 크게 놀라고 감탄하는 얼굴로 그 광경을 지켜보았다.

화운룡의 몸 주위를 층층이 쌓인 상태로 회전하던 칠채운무가 느릿하게 위로 상승하더니 그의 머리 위에 반 뼘 간격으로 차곡차곡 켜켜이 쌓이며 고리 모양의 환을 이루었다.

그때 화운룡이 눈을 뜨고는 손을 뻗어 손바닥 전체로 명림의 구멍 뚫린 목을 감쌌다.

그러자 다음 순간 그의 머리 위에 떠 있는 칠채운환이 머릿속으로 빨려들더니 곧이어 그의 오른손을 통하여 명림의 목으로 스며들었다.

스으으…….

현재 그는 팔백 년에 달하는 전 공력을 명천신기로 전환하여 명림을 치료하고 있다.

그런데도 불구하고 그녀를 살리지 못한다면 그로서는 더 이상 어떤 방법도 없을 터이다.

그렇기 때문에 그의 현재 심정은 결사적인 것이다. 실패하면 명림은 죽는다.

그의 오른손을 통해서 명림의 목 상처로 주입된 칠채운환은 이제 그녀의 몸을 두텁게 뒤덮은 상태에서 천천히 회전하기 시작했다.

여덟 명의 여자들은 몹시 긴장하여 숨을 죽인 채 그 광경을 지켜보았다.

화운룡이 일으킨 칠채운환 즉, 명천신기는 모조리 명림에게 주입되어 그녀의 몸 내부를 가득 채우고도 남아 몸 주위를 회전하고 있는 것이다.

의술에 대해서는 전설의 화타나 편작에 버금가는 수준인 화운룡이지만 명천신기라는 절대적인 능력에 비하면 그의 의술 실력은 아무것도 아니다.

지금 그가 할 수 있는 최선은 자신의 전 공력을 명천신기로 변환해서 명림에게 주입하는 것뿐이다.

그때부터는 명천신기가 알아서 치료해 준다. 그밖에는 어떤 것들도 무용하다.

그렇게 점점 시간이 흘러갔다. 일각… 이각… 어느덧 반시진이 지나갔다.

그는 지금껏 명천신기로 누군가를 치료하면서 한 사람을 붙잡고 반시진을 넘겨본 적이 없었다. 아까 자봉을 치료하는 데도 반시진이 채 걸리지 않았었다.

그런데 명림은 반시진이 지났는데도 아무런 변화가 일어나지 않고 있는 것이다.

'안 되는 것인가……'

화운룡은 초조함이 극에 달했다. 이렇게 해서도 안 된다면 명림을 살릴 수 없기 때문이다.

일 년 십 개월 전 태주현 동태하에서의 싸움에서 화운룡은 옥봉을 비롯한 가족들과 최측근 모두를 잃었었다.

그의 생명이나 다름이 없었던 옥봉, 그리고 장하문, 운설, 홍예, 명림 등 그의 분신이라고 할 수 있는 사람들을 잃고서 그는 절망했었다.

그런데 이후 그는 하늘의 도움으로 명림과 제자였던 호아를 다시 만나게 되었다.

그녀들은 온몸이 불에 데어서 짓물러지고 벙어리가 된 처참한 상태에서 허름한 주루를 운영하며 구차한 삶을 연명하고 있다가 하늘의 도움으로 화운룡에게 발견되어 새 삶을 찾을 수 있었다.

그랬는데 명림이 또다시 사경을 헤매고 있으며 살아날 기미가 보이지 않으니 화운룡으로서는 애간장이 탔다.

필백 년 공력을 명천신기로 변환하여 치료하기를 반시진이나 계속하고 있는데도 명림에게서 아무런 징후가 일어나지 않는다면 이제 포기해야만 한다.

화운룡은 그걸 알고 있지만 이대로 포기할 수가 없어서 기를 쓰고 명천신기를 주입하고 있는 것이다.

어느덧 화운룡의 얼굴에 땀방울이 주렁주렁 맺혔다가 후드득 흘러내렸다.

그러더니 이번에는 그의 한쪽 코에서 가느다란 핏물이 흘렀

고, 그걸 발견한 여덟 명의 여자들은 안타까운 표정으로 발을
동동 굴렀다.

팔백 년이라는 어마어마한 공력을 지닌 그가 코피를 흘릴
정도이니 대저 얼마나 치료에 전력을 쏟고 있는지 짐작할 수
있을 것이다.

그때 연종초가 화운룡의 뒤에 가부좌의 자세로 앉았다.

옥봉을 비롯한 여자들은 연종초의 의도를 즉시 알아차렸
다.

연종초는 공력을 극한으로 끌어 올리고는 두 팔을 뻗어 양
손바닥을 화운룡의 등에 밀착시키고 처음에는 조금씩 천천
히, 그리고 점점 더 많은 공력을 주입했다.

화운룡의 몸이 움찔 떨리는 것 같더니 곧 그의 두 팔을 통
해서 영롱한 칠채운무가 명림의 목으로 쏟아져 들어갔다.

그러더니 놀라운 일이 벌어졌다.

선명하고 두툼한 칠채운무의 띠가 명림의 몸속으로 스며들
었다가 빠져나오기를 거듭하면서 그녀의 온몸을 휩싸고 회전
을 했다.

쿠쿠우우우…….

그뿐이 아니라 명림의 몸이 거세게 진동을 하고, 앉아 있는
몸이 들썩거리는가 싶더니 천천히 허공으로 떠올랐다.

"아아……."

지켜보고 있는 누군가의 입에서 탄성이 흘러나왔다.

연종초의 공력은 화운룡과 비슷한 팔백 년 수준이다. 그녀는 고구려의 무공을 연마했지만 중원 무림의 공력으로 환산하면 그 정도 수준인 것이다.

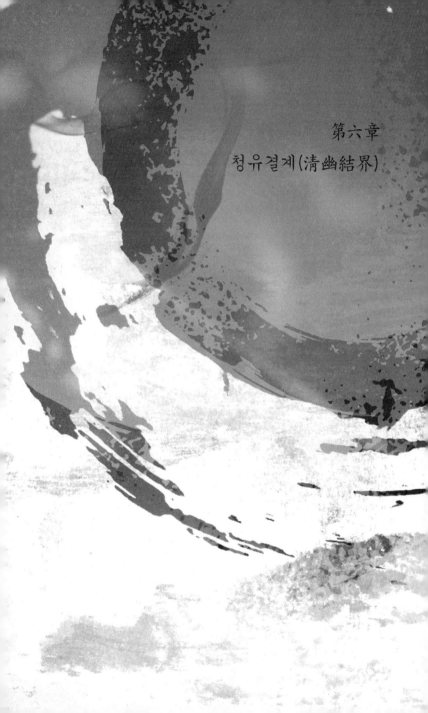

第六章

청유결계(清幽結界)

그렇게 다시 반각의 시간이 흘렀다.

명림의 몸은 다시 바닥에 내려졌으며 명천신기는 일단 화운룡에게 회수되었다가 공력으로 화해서 연종초의 공력은 그녀에게 회수되었다.

명림의 뒷목과 턱 아래를 관통한 상처는 이 순간 티 한 점 없이 깨끗하게 치료되었다.

실내에 고요한 침묵이 흘렀다. 화운룡과 연종초가 합심해서 치료를 했는데 과연 명림을 살렸을지 귀추가 주목됐다.

두 사람의 합친 공력은 실로 어마어마한 수준이겠지만 명림의 상태가 워낙 위중했던 탓에 소생시키지 못할 수도 있기 때문이다.

연종초는 무릎걸음으로 다가와서 화운룡과 나란히 무릎을 꿇고 앉았으며, 옥봉을 비롯한 여자들은 두 사람 뒤에 모여서 뚫어지게 명림을 주시했다.

그러고도 다섯 호흡쯤의 시간이 지나고 나서 갑자기 명림이 천천히 눈을 떴다.

지켜보고 있는 몇 사람의 입에서 탄성이 터져 나왔다.

명림은 몇 번인가 눈을 깜빡거리고 나서 시선을 화운룡에게 고정시키고는 감격에 찬 표정으로 입을 열었다.

"여보……."

화운룡은 빙그레 미소 지었다.

"림아, 다시 돌아와서 반갑다."

명림은 갑자기 화운룡에게 몸을 내던지며 울음을 터뜨렸다.

"으흐흑……! 여보! 저는 죽는 줄 알았어요……!"

그녀는 아무도 없을 때에만 화운룡을 '여보'라고 불렀으나 지금은 그런 걸 가리지 않았다.

죽다가 겨우 살아난 그녀의 눈에는 아무것도 보이지 않았고 무섭지 않았다.

"어흐흑……! 여보… 보고 싶었어요… 여보……."

그녀는 화운룡 품에 안겨서 자꾸만 파고들고 또 작게 몸부림치며 흐느껴 울었다.

명림이 화운룡을 '여보'라고 부르는 걸 듣고 손설효가 옥봉에게 대신 변명을 해주었다.

"대랑(大娘)은 미래에 수십 년 동안 주군을 저렇게 불렀어요. 주모께서 이해해 주세요."

대랑은 큰언니라는 뜻인데 미래에 손설효를 비롯한 많은 여자들이 명림을 그렇게 불렀다.

옥봉은 방그레 미소 지었다.

"괜찮아요. 알고 있었어요."

손설효는 깜짝 놀랐다.

"어… 떻게 아셨나요?"

"저는 귀머거리가 아니에요."

손설효는 자신이 괜히 죄스러운 표정을 지었다. 하긴 명림이 화운룡을 '여보'라고 부르는 소리를 손설효와 선봉도 몇 번이나 들었는데 옥봉이 듣지 못했을 리가 없다.

화운룡은 한없이 울기만 하는 명림을 떼어놓았다.

"이제 한봉을 치료하자."

손설효가 얼른 명림을 부축하고 화운룡은 한봉 앞에 가부좌로 앉았다.

"천첩이 돕겠어요."

연종초가 화운룡의 뒤에 앉았다.

옥봉을 비롯한 다른 여자들도 화운룡을 도울 수 있지만 이것은 연종초가 제일 먼저 생각해 낸 것이므로 그녀에게 맡긴다는 생각으로 다들 가만히 있었다.

"문파를 하나 만들자."

운룡재 삼 층. 모두 둘러앉은 자리에서 화운룡이 말했다.

모두 커다란 탁자에 둘러앉아서 저녁 식사를 겸하여 술을 마시고 있는 중이다.

타원형의 길쭉한 탁자에는 야말과 굴락, 아오메와 히코까지 둘러앉아 있다.

똑같은 자리라서 상석과 말석의 구분이 없는데 화운룡이 앉은 쪽을 상석이라고 한다면 그의 좌우에 옥봉과 항아, 연종초, 자봉 등의 순서로 앉았고, 말석 쪽에 야말과 굴락, 아오메, 히코가 앉아 있다.

화운룡의 제자인 선봉과 한봉도 손설효 아래쪽에 자리를 차지하고 앉았다.

명림 이후에 한봉도 치료가 끝나서 멀쩡하게 소생했다.

화운룡이 방금 밑도 끝도 없이 문파를 만들자고 했으나 아무도 입을 열지 않았다. 그가 거기에 대해서 설명을 할 것이기 때문이다.

"우리가 이곳에서 머물려면 몰래 숨어 있는 것보다는 문파를 하나 만들어서 공식화시키는 것이 좋겠다."

항아 아래쪽에 앉은 연종초가 공손히 말했다.

"그 일은 천첩에게 맡겨주세요."

"그래라."

고개를 끄떡인 화운룡은 항아에게 말했다.

"부상무사들 모두 이곳에서 지내도록 해라."

"네?"

항아는 눈을 커다랗게 뜨며 놀랐다.

사실 만 오천여 명이나 되는 수의 부상무사와 인자들은 중원 여기저기에 적게는 몇십 명, 많게는 수백 명씩 분산해서 머물고 있는 실정이다.

그러다가 항아가 무슨 명령을 내리면 만 오천여 명이 한꺼번에 일사불란하게 움직여 주고 있으니 그들이 평소에 얼마나 훈련이 잘돼 있는지 짐작할 수가 있다.

항아는 화운룡 팔을 잡고 바싹 당겨 앉았다.

"정말인가요?"

"그래. 여긴 보기보다 매우 크니까 네 수하들이 한꺼번에 지낼 수 있을 거야."

"아아……."

항아는 믿을 수 없다는 표정을 짓다가 화운룡의 팔을 가슴에 꼭 안았다.

"고마워요, 류 니쨩."

그녀는 그의 팔을 가슴에 꼭 안은 채 그를 말끄러미 바라보며 조심스럽게 물었다.

"그런데 만 오천 명이 함께 생활하면 우선 식량이 많이 들 텐데 그걸 어떻게 대죠?"

비룡은월문에서 오랫동안 생활한 명림이 대신 설명했다.

"거대한 상선이 성안까지 직접 들어오니까 식량 걱정은 하지 않아도 돼요. 이부인."

'이부인'이라는 호칭에 항아는 살짝 얼굴을 붉혔다.

"그래도 돈이 많이 들 텐데……."

"주군께선 천하제일의 대부호예요."

"정말요?"

"그럼요."

항아는 눈을 휘둥그렇게 뜨고 화운룡을 바라보았다.

"류 니쨩은 과거로 와서도 대부호가 된 거예요?"

화운룡은 미래에 무황성주이며 십절무황으로서 엄청난 부를 축적했었다.

"너는 그런 걱정 하지 말고 수하들이나 불러들여라."

"알겠어요."

항아는 히코에게 명령했다.

"류 니쨩 말씀 잘 들었지? 즉시 실행해라."

항아의 책사인 히코는 일어나서 공손히 허리를 굽혔다.

"명을 받듭니다."

그가 나가려고 하는 것을 화운룡이 만류했다.

"히코, 식사 후에 해라."

"알았습니다."

히코가 다시 자리에 앉자 화운룡이 연종초에게 물었다.

"종초야, 네가 비룡은월문의 명계를 파훼했었느냐?"

연종초는 죄스러운 표정으로 고개를 숙였다.

"네, 죄송해요. 서방님."

"너를 혼내려는 것이 아니다."

"그렇지만 저 때문에……."

이마가 탁자에 닿을 듯이 고개를 푹 숙이고 있는 연종초를 보면서 모두들 내심 감탄을 금치 못했다.

중원천하를 정복한 천외신계의 여황이라는 엄청난 신분의 그녀가 화운룡 앞에서는 더없이 공손한 일개 여자에 불과하기 때문이다.

"어떻게 이곳에 명계가 쳐져 있는 것을 알았느냐?"

연종초는 여전히 죄스러운 표정을 지으며 손가락을 세워 위를 가리켰다.

"허공 오십여 장 높이에서 내려다보니까 거대한 성채가 보였어요. 그래서 알게 됐어요."

화운룡은 고개를 끄떡였다.

"그랬었군."

그의 얼굴이 진지해졌다.

"종초, 너 명계를 펼칠 줄 아느냐?"

"결계(結界)는 알아요."

"어느 정도냐?"

"둘레 백여 리 산 하나 정도는 뜻대로 할 수 있어요."

"호오……."

그는 술 한 잔을 마시고 나서 다시 물었다.

"네가 이곳에 결계를 펼친다면 어떻게 하겠느냐?"

연종초는 잠시 골똘하게 생각에 잠기는데 모두들 흥미로운
얼굴로 그녀를 주시했다.

잠시 후에 연종초가 장미꽃잎 같은 빨간 입술을 열었다.

"저라면 이곳을 폐허로 만들겠어요."

"폐허?"

"비룡은월문이나 백암도 전체를 사라지게 한다거나 이곳을
산처럼 보이게 하는 것은 사람들의 의심을 살 뿐이라는 생각
이에요."

멀쩡하게 존재하는 비룡은월문이나 섬이 사라진다면 분명
히 사람들이 이상하게 생각할 것이다.

"그러니까 우리들이 이곳에서 지내고는 있지만 외부에서 볼 때는 아무도 살지 않는 폐허인 것처럼 꾸미는 거죠."

"호오… 그럴 수 있는 거냐?"

그렇게만 될 수 있다면 더 이상 바랄 게 없다.

"뭐가 필요하지?"

"서방님께선 결계가 파훼되지 않기를 원하시죠?"

"당연하지."

연종초는 배시시 미소 지었다.

"결계를 펼치는 사람의 공력이 높을수록 튼튼해져요."

"우리 둘의 공력을 합쳐서 펼칠 수도 있는 것이냐?"

"물론이에요."

옥봉이 궁금한 얼굴로 물었다.

"여러 사람의 공력을 합쳐도 되는 건가요?"

연종초는 다소곳이 말했다.

"대답하지 않겠어요."

"왜죠?"

"큰언니께서 막내인 제게 존대를 하시니까 몸 둘 바를 모르겠어요."

하대를 하라는 뜻을 옥봉이 모를 리가 없다. 그렇지만 원래 호탕함이라곤 모르는 옥봉이 연종초의 말 한마디에 대뜸 하대를 할 리가 없다.

그런 옥봉의 성격을 잘 아는 화운룡이 그녀 대신 물었다.

"종초야, 여러 사람의 공력을 합쳐서 결계를 펼쳐도 되는 것이냐?"

"서방님."

연종초는 그를 곱게 흘겼다.

"서방님께선 천첩이 큰언니에게 계속 존대를 들어도 괜찮으시겠어요?"

"난 상관없어."

"아유……."

연종초는 어쩔 수 없다는 듯 두 팔을 벌려 보였다.

"천첩이 서방님을 이길 수는 없죠."

화운룡을 비롯한 일룡십봉은 비룡은월문에서 가장 높은 누각의 지붕으로 올라갔다.

지붕의 맨 앞에 동쪽을 향해서 앉은 연종초 뒤에 옥봉과 자봉, 항아까지 아홉 명의 여자들이 일렬로 앉았고 맨 뒤에 화운룡이 앉았다.

"시작할게요."

맨 앞의 연종초가 말하자 그녀 바로 뒤에 앉은 옥봉을 비롯한 모든 사람들이 앞사람 등에 쌍장을 밀착시켰다.

연종초는 꼿꼿한 자세로 지그시 눈을 감고 머릿속으로 어떻게 결계를 펼칠 것인지를 구상했다.

그녀는 물론이고 모두의 얼굴에 팽팽한 긴장이 감돌았다.

화운룡을 비롯한 일룡십봉의 전 공력을 모으면 최소한 오천 년 이상은 될 것이다.

그 오천 년 공력으로 결계를 펼쳐놓는다면 대저 어느 누구라서 파훼할 수 있겠는가.

이윽고 연종초가 조용한 목소리로 입을 열었다.

"이제 공력을 주세요."

제일 먼저 화운룡이 자신의 앞에 앉은 연본교의 등에 자신의 전 공력을 주입했다.

그러자 연본교가 화운룡의 공력과 자신의 공력을 합쳐서 앞쪽의 연군풍에게 주입했다.

그런 식으로 화운룡부터 옥봉까지 열 명의 어마어마한 미증유의 공력이 연종초의 등으로 해일처럼 쏟아져 들어갔다.

드드드…….

순간 연종초의 섬세한 몸이 세차게 진동했고, 그 뒤에 앉은 열 명의 몸도 부르르 떨렸다.

그러나 연종초의 진동은 곧 멈췄고, 그녀는 두 팔을 느릿하고도 묵직하게 들어 올렸다.

*   *   *

그녀는 두 팔을 넓게 벌려서 하늘을 향해 뻗었다.

그녀가 익힌 결계를 펼치기 위해서는 인간의 공력을 특수한 구결을 통해서 청명기(淸明氣)로 바꾸고 나서, 삼라만상 중에 흩어져 있는 특수한 기운인 유명기(幽明氣)를 흡수하여 두 개의 기운을 하나로 합쳐야만 한다.

그것을 청유명기(淸幽明氣)라고 하며 그 기운으로 펼쳐진 결계를 청유결계라고 부른다.

후우우우…….

밤하늘이 나직하게 떨어 울렸다. 단지 그것뿐이지만 보이지 않는 유명기가 연종초의 두 팔을 향해 쏟아져 내렸다.

열한 명의 공력을 청명기로 변환시켜서 기다리고 있던 연종초는 전방을 향해 두 팔을 뻗었다.

고오오!

바람이 깊은 계곡을 휩쓸고 지나가는 듯한 음향이 흘렀지만 육안으로는 아무것도 보이지 않았다.

연종초의 몸에서 발출된 청명기와 밤하늘에서 뻗어 내린 유명기가 합쳐져서 청유명기를 이루어 그녀의 손끝이 가리키는 방향을 향해 뻗어나갔다.

비유우움!

그녀의 두 손과 열 손가락은 짧은 시간에 수백 곳의 방향과 방위를 가리켰다.

열 호흡 동안 동쪽의 방위를 끝낸 그녀는 둥실 허공으로 떠올랐고, 뒤쪽의 열 명도 밧줄에 연결된 것처럼 구불거리면서 떠올랐다.

뒤이어 그녀를 비롯한 열한 명은 서쪽을 향해 사뿐히 지붕에 내려앉아 동쪽에서 했던 것처럼 청유명기를 수백 군데 방향과 방위로 뿜어냈다.

지금 그녀가 하고 있는 청유결계는 실제로 존재하고 있는 비룡은월문 성채 위에 존재하지 않는 허상(虛像)의 성채를 따로 덧씌우는 일이다.

그렇게 하면 외부에서는 덧씌운 허상을 보고는 이곳에 아무도 살지 않는다고 여길 것이다.

연종초가 비룡은월문 성채 전역에 청유결계를 펼친 이후 화운룡은 혼자서 용황락에 명계를 펼쳤다.

혹시 누군가 청유결계를 뚫고 들어오더라도 용황락에는 접근하지 못하도록 그곳을 아예 인공 호수로 보이게 했다.

일룡십봉은 한 시진에 걸쳐 비룡은월문에 청유결계와 용황락에 명계를 펼치고 나서 다시 운룡재 삼 층에 모여서 술자리를 이어갔다.

연본교가 연군풍과 선봉을 주방으로 데리고 가서 식은 요리들을 다시 데우고 몇 가지 요리는 새로 만들어서 갖고 와 탁자에 차렸다.

연본교는 사천성 금불산 용황락에서도 부엌데기 노릇을 했을 정도로 요리 솜씨가 뛰어난 편이다.

현재 이곳에는 허드렛일을 할 하녀나 숙수가 한 명도 없는 탓에 십봉이 자급자족을 해야만 한다.

그렇다고 해서 지엄하신 대부인과 이부인, 삼부인이 직접 주방에 들어가거나 청소, 세탁, 잠자리를 직접 손볼 수는 없는 노릇이다.

화운룡의 대부인 옥봉은 더 이상 설명이 필요하지 않은 지엄에 지엄을 더한 막중한 신분이다.

이부인이며 부상국 가마쿠라 막무의 소공녀인 항아 역시 지체 높음으로 치자면 누구에게도 꿀리지 않는다.

그렇다면 삼부인이면서 천신국의 여황 연종초는 어떤가? 그녀라고 옥봉이나 항아에 비해서 처지는 신분인가?

자봉? 옥봉과 맞먹는 신분의 그녀가 채소와 고기, 생선을 자르고 구정물에 손을 담가 설거지를 하겠는가?

명림은 그런 것들을 하고 싶은 마음은 굴뚝같은데 문제는 할 줄 아는 게 하나도 없다는 사실이다.

손설효와 한봉은 태어나서 이날까지 허구한 날 무공만 연마하고 싸움만 할 줄 알았지 여자가 하는 일들은 단 하나도 배운 적이 없다.

그러니까 요리를 할 줄 아는 연본교와 선봉이 앞치마를 두르고 앞장서서 주방을 차지했다.

"문파명은 뭐라고 할까요?"

연종초가 이곳에 새로 개파할 문파의 이름을 무엇으로 지었으면 좋을지 화운룡에게 물었다.

화운룡은 좌우의 옥봉과 항아, 연종초, 자봉이 주는 대로 술을 받아 마시고 있다.

"누가 한 번 작명해 봐라."

"용봉문(龍鳳門)이 어때요?"

기다렸다는 듯이 자봉이 냉큼 말했다.

"일룡십봉문(一龍+鳳門)은요?"

화운룡이 용이고 열 명의 여자들이 십봉이라서 용봉문이며 일룡십봉문 같은 이름들이 나왔다.

여러 여자들이 몇 개의 문파명을 말했지만 모두의 찬성을 받은 이름이 나오지 않았다.

연종초가 옥봉에게 공손히 말했다.

"큰언니께서 말씀해 보세요."

다른 사람도 아닌 연종초 같은 어마어마한 거물이 '큰언니'

라고 부르니까 옥봉의 위상이 끝없이 위로 솟구쳤다.

옥봉은 사양하려고 했는데 모두의 시선이 자신에게 집중되자 그럴 수도 없게 되어 잠시 생각하는 표정으로 하던 일을 계속했다.

하던 일이란 젓가락으로 요리 하나를 집어서 화운룡의 입에 넣어주는 것이다.

옥봉은 아무 뜻 없이 요리를 화운룡의 입에 넣어주는데 다들 그걸 빤히 보고 있자 얼굴이 살짝 붉어졌다.

"와… 룡봉추도(臥龍鳳雛島)가 어떻겠어요?"

그녀는 평소에 화운룡과 자신이 와룡봉추라는 생각을 하고 있었는데 그것이 얼떨결에 나온 것이다.

항아와 연종초는 환한 표정으로 찬탄했다.

"훌륭한 이름이에요……!"

"귀에 쏙 들어오는군요, 큰언니."

화운룡은 술잔을 들며 모두를 둘러보았다.

"모두 어떠냐?"

"좋습니다!"

"와룡봉추라는 것이 우리를 말하는 것 같아서 아주 좋아요!"

한 사람도 예외 없이 모두 찬성하는 것을 보고 화운룡은 고개를 끄떡였다.

"알았다. 이제부터 본 문을 와룡봉추문으로 하자."

"와룡봉추도예요."

자봉이 바로잡았다.

"도?"

"여기가 섬이니까요."

"아하!"

자봉이 발딱 일어서더니 화운룡에게 포권을 하며 짐짓 고개를 숙이며 예를 취했다.

"도주(島主)께 인사드려요."

그러자 모두들 일어나서 화운룡에게 공손히 예를 취했다.

"도주를 뵈어요!"

화운룡은 손에 술잔을 쥔 채 고개를 끄떡였다.

"어… 그래."

항아 옆에 서 있는 연종초가 정중히 화운룡에게 말했다.

"서방님, 일어나서 화답을 하세요."

"내가?"

"네."

"어째서?"

여태까지는 이런 상황에서 감히 화운룡에게 충고를 하거나 이래라저래라 하는 사람이 아무도 없었다.

연종초는 공손히 옥봉과 항아를 가리켰다.

"큰언니와 둘째 언니, 그리고 천첩은 서방님의 수하입니까? 아니면 동격입니까?"

화운룡은 머쓱한 표정을 지었다.

"거야… 동격이지."

옥봉을 비롯한 모두들 놀란 얼굴로 연종초와 화운룡을 번갈아 쳐다보았다.

연종초는 정중하지만 단호한 표정으로 말을 이었다.

"동격인 저희 삼부인이 모두 일어났는데 서방님께선 앉아서 인사를 받으시는 게 옳은가요?"

탁!

"종초 너!"

화운룡은 술잔을 내려놓고 벌떡 일어나며 연종초를 가리켰다.

연종초는 물론 옥봉과 항아 등 모두 화들짝 놀랐다.

화운룡은 연종초의 어깨를 두드렸다.

"그런 것은 좀 더 빨리 일깨워 주는 것이다. 알았느냐?"

화운룡이 화를 낼까 봐 조마조마했던 연종초는 이마의 땀을 닦아내며 안도의 한숨을 내쉬었다.

자정이 거의 다 되어갈 무렵에 화운룡 이하 사람들은 꽤나 취했다.

못하는 술을 대여섯 잔 마신 옥봉이 빨개진 얼굴로 연종초에게 물었다.

"종초 아우, 천황파가 또 올까?"

연종초는 고개를 가로저었다.

"흑천성군은 놈들의 최고정예인데 그들이 더 존재할 가능성이 희박해요."

모두 술이 취했지만 동작을 멈추고 연종초를 주시했다.

"흑천성군을 양성하는 일은 우리가 상상하는 것보다 훨씬 더 어려워요. 그래서 저는 연조음이 천 명 이상의 흑천성군을 만들어냈을 것이라고 생각하지 않아요."

그녀는 여자들이 고개를 끄떡이는 것을 보고 말을 이었다.

"만에 하나 흑천성군이 다시 온다고 해도 청유결계나 명계를 파훼하지 못할 거예요."

"천신국에는 청유결계를 파훼할 사람이 없나?"

연종초는 잠시 생각하고 나서 대답했다.

"없어요."

"천신모는?"

"확실하지는 않지만 아마 그녀도 파훼하지 못할 거예요."

연종초의 대답이 시원스럽지 못하다고 생각하는 사람은 화운룡 혼자만이 아니었다.

화운룡을 비롯한 일룡십봉은 흑천성군과의 생사혈전을 치

르면서 여러 차례 뼈아픈 경험을 하고 몇 사람은 죽을 고비를 넘겼기에 그들이 다시 쳐들어올지도 모른다는 상상만 해도 저절로 몸서리가 쳐졌다.

화운룡이 자봉 옆에 앉아 있는 명림에게 말했다.

"림아, 상아와 아미제자들을 이곳으로 불러들이는 것은 어떻게 생각하느냐?"

명림의 얼굴이 환하게 밝아졌다.

"주군께서 그 말씀을 하시기를 기다렸어요."

명림의 언니인 혜성신니 명상은 아미파 장문인이며 구림육파에서 탈퇴하여 아미제자들을 이끌고 황산으로 갔었다.

화운룡이 갈 곳 없는 아미파더러 황산의 황산파 자리에 새문파를 개파하는 것이 어떻겠느냐고 종용했으며 명상은 그 말을 흔쾌히 받아들였다.

명상이 새 문파의 이름을 지어달라고 해서 화운룡은 명상의 '상'과 명림의 '림'을 따 '상림파'라 지으라고 했었다.

명상과 아미제자들은 화운룡 등이 이곳에 있는 줄도 모르는 채 황산에서 자신들의 신분을 감추고 새로운 문파를 개파할 준비를 하느라 비지땀을 흘리고 있을 것이다.

화운룡은 술이 많이 취했지만 결정을 내리지 못할 정도는 아니다.

그런데 그는 지금 매우 난감한 상황에 처했다. 옥봉과 항아, 연종초 중에서 오늘밤에 같이 잘 사람, 아니, 부인을 골라야 하는 것이다.

지금 이 방은 예전에 화운룡과 옥봉이 휴게실로 사용하던 곳인데 지금 그와 세 명의 부인이 모여 있다.

화운룡 앞에 나란히 서 있는 세 명의 부인은 해맑간 얼굴로 말끄러미 그를 바라보고 있다.

그녀들은 제각각의 다른 표정을 짓고 있는 듯하지만 한 가지 공통된 심정은 오늘밤에 꼭 화운룡과 오붓하게 보내고 싶다는 사실이다.

화운룡은 옥봉과 항아, 연종초를 한 사람씩 차례대로 바라보았다.

그와 시선이 마주치는 그 짧은 순간에 세 여자는 자신들의 마음을 눈빛에 담아서 보내느라 안간힘을 썼다.

솔직하게 말하면 화운룡은 세 여자 중에서 어느 한 사람만 콕 찍어서 같이 자고 싶은 생각이 없다.

"다 같이 자면 안 돼?"

항아는 눈을 반짝 빛내고, 연종초는 보일 듯 말 듯 흐릿한 미소를 지었다.

그렇지만 옥봉은 단호했다.

"안 돼요."

"왜 안 되는 거지?"

옥봉은 화운룡을 책망하는 듯한 표정을 지었다.

"우린 짐승이 아니에요."

화운룡은 빙그레 미소 지었다.

"봉애. 무슨 생각을 하는 거야? 나는 누구 한 사람을 선택하기보다 오늘 밤에는 너희 모두와 같이 자고 싶은 거야. 물론 아무것도 하지 않고 꼭 안고 잠만 자는 거지."

옥봉은 당황해서 얼굴을 붉혔다.

"아… 그런 거였어요?"

그녀는 당황함을 감추려는 듯 항아와 연종초를 보며 물었다.

"어… 때? 두 사람은?"

"저는 괜찮아요."

"그런 방법도 있었군요. 찬성이에요."

항아와 연종초는 크게 고개를 끄떡였다.

화운룡은 껄껄 웃으면서 두 팔을 벌려 세 여자를 한꺼번에 그러안고 침실로 향했다.

"하하하! 이제 자러 가자!"

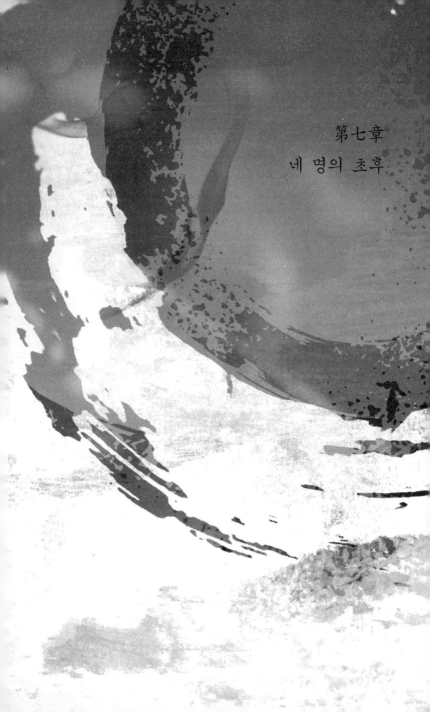

第七章

네 명의 초후

　큰언니 옥봉은 앞으로 화운룡에게 오늘 밤에는 누구하고 잘 것인지 고르라는 말을 하지 못하게 되었다.

　구태여 그런 말을 할 필요가 없어졌다. 화운룡이 어느 한 여자를 골라서 잔다면 선택받지 못한 두 여자가 상심할 테지만 지난밤에는 그런 일이 생기지 않았다. 세 여자와 함께 자는 편이 훨씬 좋았기 때문이었다.

　말하자면 화운룡과 옥봉, 항아, 연종초 모두가 매우 만족한 밤을 보냈다는 얘기다.

　하지만 그들 일남삼녀가 지난밤에 잠만 잤는지 아니면 무엇을 하며 보냈는지는 알 수가 없다.

옥봉과 항아, 연종초는 아침 식사 시간에 식당에 나타나지 않았다.

그녀들을 데리러 갔던 연군풍의 말에 의하면 세 여자가 한 침상에서 서로 뒤엉킨 채 자고 있더라는 것이다. 하지만 연군풍은 세 여자가 알몸으로 서로 부둥켜안은 채 자고 있더라는 말은 하지 않았다.

세 명의 부인이 깨어나지 않았어도 화운룡은 다른 측근들과 즐겁게 식사를 했다.

오전에 동초후와 서초후, 그리고 남초후가 비룡은월문, 아니, 와룡봉추도에 도착했다는 전갈이 왔다.

연군풍이 청유결계와 명계의 영향력이 미치지 않는 북쪽 성문 밖에 나가서 그 세 명을 데리고 돌아왔다.

물론 연군풍은 화운룡과 연종초가 가르쳐 준 길로만 갔다가 돌아왔기에 무사히 용황락으로 찾아올 수 있었다.

만약 길을 모른다면 연군풍은 돌아오지 못하고 텅 빈 성내를 영원히 헤맸을 것이다.

화운룡과 연종초는 운룡재에 있지 않고 용황락 내의 다른 전각에서 동초후와 서초후, 남초후를 기다렸다.

연군풍이 대전 입구로 들어서고 그 뒤로 세 명의 초후가 긴장한 표정으로 뒤따랐다.

화운룡과 연종초는 대전 안쪽 단상에 놓인 두 개의 태사의에 나란히 앉아서 들어오는 그들을 지켜보았다.

화운룡은 허공을 격하여 해령경력을 발출하여 동초후의 머릿속을 읽었다.

해령경력은 심심상인과 심지공, 그리고 잠혼백령술의 장점만을 발췌하여 새로 창안했던 수법이다.

상대의 몸에 일체 손을 대지 않고서도 무형지기를 발출하여 상대가 전혀 모르는 사이에 기억이나 생각을 고스란히 빼낼 수가 있다.

동초후와 서초후는 지난번에 화운룡이 자금성에 갔을 때 잠혼백령술로 심지를 제압했었다.

잠혼백령술은 시술자인 화운룡이 풀어주지 않는 한 죽을 때까지 지속되므로 동초후와 서초후는 여전히 심지가 제압된 상태일 것이다.

화운룡이 차례로 동초후와 서초후에게 해령경력을 전개해 보니까 두 사람은 여전히 잠혼백령술에 제압된 상태이며 천황파에 대한 기억이 일체 없다. 그렇다는 것은 그들 둘은 믿을 수 있다는 뜻이다.

연종초는 중원에 나와 있는 네 명의 초후를 모두 불렀는데, 화운룡은 그들 중에 최소한 한 명 정도는 천황파일지도 모른다고 짐작했다.

그런데 남초후까지 해령경력으로 조사해 본 결과 이들 세 명은 모두 연종초에게 충성하는 이른바 여황파다.

화운룡이 세 명의 초후가 모두 깨끗하다고 알려주자 연종초의 입가에 만족한 미소가 피어났다.

"폐하를 뵈옵니다!"

세 명의 초후는 단하에 이르러 바닥에 무릎을 꿇고 납작하게 부복했다.

연종초는 조용히 입을 열었다.

"일어나라."

세 명의 초후는 몸을 일으켜 시립하는 자세를 취했다.

화운룡이 생각하기에 천황은 이미 중원에 진출해 있는 천신국 세력은 건드리지 않은 듯했다.

세 명의 초후는 연종초가 어째서 이곳에 머물고 있는지 또 자신들을 왜 불렀는지 이유를 모른다.

연종초는 그들을 기다리게 하지 않고 본론으로 들어갔다.

"너희들 천황이라는 말을 들어보았느냐?"

"들어본 적이 없습니다."

"처음 들어봅니다."

세 명의 초후는 즉답했다.

"풍아."

"말씀하세요."

연종초의 부름에 연군풍은 공손히 허리를 굽혔다.

"저들에게 천황에 대해서 설명해 줘라."

연군풍에게 천황에 대해서 그리고 그동안 천황파가 연종초를 어떻게 했는지에 대해서 상세하게 듣고 난 세 명의 초후는 자신의 귀를 의심하는 듯한 표정을 지었다.

그들은 농담이라고는 이날까지 한 번도 한 적이 없는 연종초가 지금 농담을 하는 것이라고 여겼다.

천황이니 천황파라는 것은 그 정도로 믿어지지 않는 일이기 때문이다.

동초후가 연종초를 보면서 말이 안 된다는 표정을 지으며 조심스럽게 물었다.

"폐하, 정말입니까?"

여황의 명령으로 그녀의 제자인 연군풍이 한 설명을 믿지 못하고 여황에게 직접 진위를 확인하는 것은 불경이다. 그런데도 그럴 수밖에 없었다.

연종초는 가볍게 고개만 끄떡였다. 그녀로서도 이런 일이 실제로 일어났다는 것을 수하에게 인정한다는 것이 몹시 기분이 언짢았다.

그제야 세 명의 초후는 여황이 어째서 자신들을 급히 불렀는지 깨달았다.

동초후는 염려스러운 표정으로 물었다.

"폐하, 괜찮으십니까?"

연종초는 씁쓸한 표정을 지었다.

"내가 죽을 고비를 겪을 줄은 몰랐다."

세 명의 초후는 고꾸라지듯이 그 자리에 부복했다.

"폐하… 죽여주십시오……!"

언제나 꼿꼿하고 당당했던 여황이 '죽을 고비를 겪었다'는 말을 할 정도라면 고초가 얼마나 심했을지 미루어 짐작할 수가 있어서 세 명의 초후는 숨이 끊어질 것처럼 괴로웠다.

"이분이 아니었다면 나는 죽었을 것이다."

연종초의 말에 세 명의 초후가 고개를 들어 바라보자 그녀는 옆에 앉은 화운룡을 가리키고 있었다.

세 명의 초후 시선이 화운룡에게 향했다.

동초후와 서초후는 화운룡을 익히 잘 알고 있다. 그중에서도 서초후는 화운룡하고의 인연이 길고도 깊다.

또한 그에게 목숨의 빚도 있다. 천외신계 오천 고수와 일만 군사를 이끌고 화운룡을 추적해서 싸웠을 때 고수들과 군사들을 깡그리 잃고서 서초후 혼자만 살아났었다.

그때 화운룡은 서초후에게 자신의 진실한 신분 즉, 자신이 십절무황이며 용황락의 주인이라는 사실을 밝히면서 그것을 천여황에게 전하라는 임무를 맡겨서 살려주었다.

그렇지만 서초후가 천여황에게 그 말을 전하기도 전에 그녀는 동태하에서 기다리고 있다가 화운룡을 공격했으며 그것으로 두 사람의 인생이 크게 뒤틀렸었다.

대여섯 달 전에 화운룡은 북경 자금성에 잠입했다가 동초후에게 잠혼백령술을 전개하여 그의 심지를 제압했다.

그에게서 옥봉과 가족들의 동향에 대해서 알아내고는 옥봉이 있는 천신국으로 가기 위해서 그에게 동후신패라는 것을 받았었다.

서초후는 화운룡이 비룡공자라는 사실을 알지만 동초후는 모르고 있다.

잠혼백령술에 심지가 제압되면 시술자에 대한 것은 금기사항이기 때문이다.

연종초의 다음 말이 이어졌다.

"이분은 내 남편이시다."

"……."

"……."

세 명의 초후는 자신들 살아생전에 지금처럼 놀라는 것이 처음일 것이다.

화운룡은 자신이 연종초의 남편이라는 말을 듣고서 세 명의 초후가 어떻게 생각할지 해령경력을 전개해서 알아보는 짓

같은 것은 하지 않았다.

생각이란 개인의 매우 사사로운 영역이며 어떨 때는 스스로도 제어하지 못할 만큼 변화무쌍하다.

그 자신은 절대로 그것을 생각하지 않으려고 하지만 두뇌는 아랑곳하지 않고 자꾸만 그것을 생각한다.

두뇌가 자기 마음대로 하지 못하도록 수련하는 것은 중이나 도사들의 몫이다.

그런 수련을 하지 않은 사람들은 생각이 무한대로 뻗어나가는 것을 어쩌지 못한다.

그런데 화운룡이 해령경력으로 그걸 감지하는 것 자체가 잘못된 것이다.

그가 해령경력을 전개하는 것은 순수하게 정보를 알아내려는 의도일 뿐이다.

화운룡은 무형지기를 발출하여 동초후와 서초후의 제압된 잠혼백령술을 풀어주었다.

"어……."

동초후와 서초후는 조금 어지러워서 낮은 신음 소리를 내며 비틀거렸다.

연종초가 아무 말도 하지 않았지만 두 사람은 급히 허리를 깊숙이 굽혔다.

"죄송합니다, 폐하."

연종초는 화운룡이 동초후와 서초후의 심지를 제압했었다는 사실을 알고 있다.

화운룡과 심심상인 과정에 서로의 기억을 남김없이 공유했기 때문이다.

그렇지만 방금 동초후와 서초후가 어지러워하는 이유가 화운룡이 잠혼백령술을 풀어주었기 때문인 것은 모른다.

그때 입구에서 사근사근한 목소리가 들렸다.

"막내야, 이들이 미행을 달고 왔어."

세 명의 초후는 항아를 돌아보고는 다시 연종초를 보면서 크게 놀라고 또 당황했다.

"폐하, 그들은 속하들의 심복입니다."

항아가 세 명의 초후 옆을 스쳐 지나면서 오뚝한 코를 살짝 치켜들며 도도한 표정을 지었다.

"밥통들아. 내가 심복과 미행도 분간 못 할 줄 알아?"

세 명의 초후는 항아가 누군지 모르지만 그녀가 여황을 감히 '막내'라고 부르는 것을 보았으므로 함부로 발작할 수가 없어서 잠자코 있었다.

항아는 단상으로 올라가면서 화운룡과 연종초를 번갈아 쳐다보면서 코를 찡긋거렸다.

"어떻게 할까요?"

연종초는 항아를 보며 방그레 미소 지었다. 가식적인 미소가 아니라 친자매를 대하는 듯한 친근한 미소다.

"잡아들여 주세요, 둘째 언니."

항아는 대전 입구 쪽을 바라보면서 근엄한 표정을 지으며 명령을 내렸다.

"잡아들여라."

항아는 화운룡과 옥봉, 연종초 등을 대할 때와 수하들을 대할 때가 사뭇 다르다.

이럴 때의 항아는 부상국 가마쿠라 막부의 마지막 통치자인 소공녀다웠다.

항아는 제 할 일을 마쳤지만 가려는 생각을 하지 않고 연종초를 보며 물었다.

"내가 있어도 될까?"

연종초가 벌떡 일어나 자신의 자리를 양보했다.

"여기 앉으세요, 둘째 언니."

"아냐, 막내는 그냥 거기에 앉아."

항아는 연종초의 어깨를 지그시 눌러서 자리에 앉히고 화운룡 쪽으로 몸을 틀었다.

연종초는 항아가 무얼 하려는지 눈치를 채고는 앉지 않은 채 급히 손을 뻗어 항의 팔을 잡았다.

"기다리세요, 둘째 언니."

제지를 당했지만 항아는 조금도 기분 나쁘지 않은 얼굴로 연종초를 돌아보았다.

"왜 그러지, 막내?"

"둘째 언니 지금 서방님 무릎에 앉으시려는 거죠?"

"그래."

아주 짧은 순간 연종초 얼굴에 복잡한 갈등의 표정이 여러 차례 빠르게 떠올랐다가 지워졌다.

세 명의 초후에게서 조금 떨어진 곳에 서 있는 연군풍은 뭔가 불길한 예감을 느꼈다.

'제발… 하지 마세요. 사부님.'

연군풍은 연종초가 무엇을 하려는 것인지 간파했다. 그녀는 화운룡의 무릎에 앉는 것을 놓고서 항아와 담판을 지으려는 것이 분명하다.

연군풍은 사부 연종초가 화운룡과 그의 두 명의 부인, 그리고 최측근들과 운룡재에서 지내는 동안에 얼마나 사람이 많이 변해 버렸는지 잘 알고 있다.

화운룡 옆에서의 연종초에게는 예전 천신국의 여황으로서의 위엄은 눈을 씻고 찾으려고 해도 찾을 수가 없다.

화운룡에게 그런 마력이 있는 것인지, 아니면 그의 부인들, 측근들과 지내면 사람이 변하는 것인지 모를 일이지만 연종초는 변해도 정말 많이 변했다.

연군풍이 봤을 때 연종초의 큰 변화 중에 두 가지는 첫째,

화운룡 밖에 모르는 맹목적인 여자가 됐다는 사실과 둘째, 옥봉이나 항아처럼 몹시 따뜻한 성격을 갖게 됐다는 사실이다.

그렇지만 이건 아니다. 오랜만에 만난 초후들 면전에서 남편 무릎에 서로 앉으려고 쟁탈전을 벌이는 것은 연군풍이 생각하기에도 여황이 할 짓이 아닌 것 같았다.

그러나 일어나지 않기를 간절하게 원하는 일은 반드시 일어나고 만다는 운명의 섭리는 한 번도 틀린 적이 없다.

"내기해서 이긴 사람이 서방님 무릎에 앉도록 하는 게 어떤가요, 둘째 언니?"

연종초는 절대 물러서지 않겠다는 진지한 표정으로 항아를 쏘아보았다.

단하에 서 있는 세 명의 초후들은 지금 일이 어떻게 돌아가고 있는지 갈피를 잡을 수가 없다.

*   *   *

항아는 뾰족한 콧대를 더 세웠다.

"좋아. 내기 무엇으로 할까?"

"둘째 언니가 정하세요."

무엇으로든 자신이 있다는 투의 연종초 말에 항아는 호승

심이 부적 생겼다.

항아가 연종초보다 일곱 살이나 적지만 항아는 둘째 언니 노릇을 톡톡히 하고 있다.

연종초가 스스로 굽히고 들어가서 떠받쳐 주니까 이런 일이 가능한 것이다.

이번 일은 무공으로 승부를 내선 안 된다. 예기치 않게 작은 신경전이 벌어졌지만 화운룡의 무릎에 앉는 사사로운 일 때문에 치고받는 싸움을 할 수는 없다.

항아는 연종초를 재빨리 살펴보고 나서 말했다.

"몸무게가 가벼운 사람이 이기는 것으로 하자."

"그건……."

연종초는 순간적으로 반발하려다가 참았다. 언니의 말에 반발할 수는 없는 일이다.

항아가 연종초의 몸을 재빨리 살핀 것은 그녀가 자신보다 키가 조금 크다는 사실을 다시 한번 확인하기 위해서였다.

둘 다 몸매는 호리호리하니까 아무래도 키가 반 뼘쯤 더 큰 연종초의 몸무게가 조금 더 나갈 것이라고 생각했다.

연군풍은 화운룡 무릎에 앉겠다며 항아하고 옥신각신하는 연종초를 보면서 씁쓸한 표정을 지었다. 저렇게 철없는 모습은 절대로 천신국의 여황이 아니다.

얼마 전까지의 그녀는 입가에 희미한 미소 한 줄기 지어본 적이 없으며, 이날까지 어느 누구에게도 가벼운 농담 한마디 한 적이 없었다.

그렇지만 연군풍은 지금의 사부 연종초를 충분히 이해하고도 남을 것 같았다.

연군풍이 생각하기에 천하의 어느 누구라도, 특히 젊으면서 자존감이 강한 여자가 화운룡과 그의 측근들하고 얼마 동안 함께 생활을 하고 나면 지금 연종초 같은 모습이 될 거라는데 목숨을 걸어도 좋다.

더구나 이미 오래전에 화운룡의 여자가 됐으며, 자신이 그를 죽였다는 것 때문에 하루 종일 후회하면서 동시에 그리워하던 연종초라면 더 말할 것도 없다.

항아가 화운룡에게 애교를 부렸다.

"류 니쨩이 우리 두 사람 무게를 재주세요. 누구 편들어주는 거 없이 냉정해야 돼요."

"알았다."

화운룡이 일어나서 한 걸음 앞으로 나와 양팔을 양쪽으로 쭉 길게 뻗었다.

"둘 다 매달려라."

그의 말이 떨어지기 무섭게 연종초와 항아는 양쪽 팔에 매달려서 무릎을 굽혀 두 발을 들어 올렸다. 말 그대로 대롱대롱 매달린 것이다.

두 여자는 화운룡을 보며 똑같이 종알거렸다.

"누가 가벼워요?"

화운룡은 눈을 지그시 감고 진지한 표정으로 두 여자의 무게를 가늠했다.

연종초와 항아, 연군풍까지 긴장된 표정으로 화운룡 얼굴을 말끄러미 주시했다.

이윽고 화운룡이 눈을 뜨고 빙그레 미소 지었다.

"종초가 조금 더 가볍다."

"꺄악!"

"히잉……!"

희비가 갈렸다. 연종초는 환호성을 터뜨리고 항아는 입을 댓발이나 내밀면서 몸을 흔들었다.

그렇지만 두 여자는 화운룡의 판결에 일체 불복하지 않았다.

연종초는 해맑게 웃으면서 화운룡 무릎에 앉았다.

"호호홋! 둘째 언니, 고마워요!"

화운룡은 다리를 좀 넓게 벌려서 앉았는데 연종초는 그의 왼쪽 허벅지에 안쪽을 향해서 앉아 그의 어깨에 한 손을 얹은 채 득의양양한 모습이다.

그녀는 중원천하를 정복했을 때하고는 비교도 할 수 없을 정도로 행복한 표정을 짓고 있었다.

연군풍과 세 명의 초후는 여황이 저처럼 기뻐하는 모습은 예전에 한 번도 본 적이 없었다.

연종초는 왼쪽 옆모습을 세 명의 초후에게 보이고 있다. 그녀가 화운룡의 왼쪽 허벅지에 앉았기 때문이다.

그런데 세 명의 초후의 시선이 연종초의 허리로 향했다. 그곳 가느다란 허리에 화운룡의 커다란 손이 둘러 있는데 그때 연종초가 그의 손을 잡고 슬그머니 자신의 엉덩이로 끌어내리는 것이 아닌가.

누가 봐도 그건 허리 말고 엉덩이를 만지라는 뜻이다.

그녀는 자신의 욕심을 채우는 데 급급해서 세 명의 초후가 보고 있다는 사실조차도 잊고 있었다.

하긴, 그녀는 화운룡에게 사랑받는 것을 지상 최고의 목적으로 삼고 있는 마당에 누구의 눈치를 보겠는가.

그때 연종초 자리에 앉았던 항아가 일어나더니 눈을 빛내면서 화운룡에게 다가가 그의 오른쪽 다리를 가리켰다.

"여기 비었어요?"

연종초는 항아가 말하는 의도를 알아차리고는 방그레 웃으며 화운룡의 오른쪽 다리를 가리켰다.

"둘째 언니는 거기에 앉으세요."

"고마워. 막내야."

항아는 화운룡의 오른쪽 허벅지에 앉아서 연종초를 살짝

안고 뺨을 비비며 고마움을 표시했다.

화운룡의 하체가 아무리 길다고 해도, 그리고 그가 아무리 다리를 넓게 벌린다고 해도 양쪽 허벅지에 안쪽으로 앉은 두 여자의 다리가 서로 얽힐 수밖에 없다.

그래도 화운룡은 다리를 최대한 넓게 벌려서 그녀들을 편하게 해주었으며 단 아래 쪽을 향하도록 애썼다.

연군풍은 이런 상황이 그래도 어느 정도 적응이 됐으니까 이해할 수 있다고 하지만 세 명의 초후 얼굴은 그야말로 가관이 아니다.

그들은 자신들의 눈앞에서 벌어진 일을 절대로 믿을 수 없다는 표정을 짓고 있었다.

그때 남초후가 연군풍을 쳐다보았다. 그는 여황이 가짜거나 그게 아니면 혹시 미친 것이 아니냐고 연군풍에게 물으려는데 연군풍이 그걸 직감하고 급히 고개를 가로저었다.

그러나 남초후는 연군풍의 의도를 간파하지 못하고 전음을 보냈다.

[저분이 폐하가 맞는 거요? 그게 아니면 혹시 폐하께서 미치기라도 하신 것이오?]

연군풍이 낭패한 표정을 짓는데 연종초가 남초후를 보며 차갑게 말했다.

"네 눈에는 내가 미친 걸로 보이느냐?"

"폐… 하, 그것이 아니오라……"

남초후는 기절초풍해서 두 손을 마구 휘젓다가 그 자리에 부복했다.

"잘못했습니다… 죽여주십시오……!"

죽여달라고 말하려면 대단한 용기가 필요했다. 그렇게 말하면 꼭 죽여주었기 때문이다. 예전 같았으면 말이다.

"무얼 그런 걸 갖고 죽여달라는 게냐? 일어나라."

히코가 부상무사들을 이끌고 가서 세 명의 초후를 미행한 자들을 제압하여 끌고 왔다.

쿠다닥!

부상무사들이 제압된 십여 명을 바닥에 내던졌다.

그들 십여 명은 복장이 제각각이지만 신분이 누구인지 알아보기 어렵다는 것과 온몸에 부연 먼지를 뒤집어쓰고 있다는 공통점을 지니고 있었다.

세 명의 초후는 바닥에 나뒹굴어 있는 열두 명을 정확하게 쳐다보았으나 아는 얼굴이 아니라서 미간을 찌푸렸다.

화운룡 무릎에 앉은 연종초가 세 명의 초후에게 물었다.

"아는 자들이냐?"

"모르는 자입니다."

세 명의 초후는 동천국과 서천국, 남천국에서 제후이며 국

왕인데 아는 자들이 미행을 했겠는가.

화운룡은 허공을 격하여 그들 열두 명을 잠혼백령술로 제압하고 히코에게 명령했다.

"그놈들의 제압을 풀어줘라."

히코가 고개를 끄떡이자 그의 좌우에 있던 부상무사들이 재빨리 두 손을 이리저리 움직여서 끌어당기는 시늉을 했다.

츄츄우웃!

그러자 십여 명의 목 뒤와 어깨, 뒤통수에 꽂혀 있던 가느다란 암기들이 뽑혀서 부상무사들 수중으로 회수되었다.

연군풍과 히코를 비롯한 부상무사들, 그리고 세 명의 초후까지 제압에서 풀려난 열두 명의 미행자들이 저항할 것을 예상하여 만반의 대비를 했다.

연종초가 열두 명을 향해 조용한 목소리로 말했다.

"너희가 누군지 말해라."

열두 명은 단상을 향해 네 명씩 세 줄로 늘어서서 제각각 대답했다.

"저는 존동일왕(尊東一王) 휘하의 제이대 금투정수입니다."

"저는 존서일왕(尊西一王) 휘하의 제일대 금투정수입니다."

"저는 존남일왕(尊南一王) 휘하의 제이대 금투정수입니다."

그들의 대답에 세 명의 초후 얼굴이 누렇게 떴다.

협박이나 고문을 가하지 않았는데도 불구하고 열두 명이

자신들의 신분을 줄줄이 실토한 것이나, 그들이 실토한 내용 때문에 세 명의 초후는 아연실색했다.

존동일왕은 동천국 다섯 명의 존왕들 중에서 우두머리이며 초후의 최측근으로서 그들을 따라 중원에 들어왔다는 공통점을 지니고 있다.

초후들은 통상적으로 제이인자인 존일왕에게 거의 모든 업무를 맡기는 경향이 있다.

또한 존일왕 휘하에는 열 개 대(隊)가 있으며 각 대주는 금투정령수이고 총대주는 금투총령사이다.

여기에 있는 세 명의 초후는 존일왕 휘하의 금투총령사나 금투정령수 정도는 알고 있지만 일개 금투정수까지는 일일이 알지 못한다.

조금 전 열두 명은 자신들이 존일왕 휘하의 제일대와 제이대 소속 금투정수라고 말했는데, 제일대에서 제삼대까지는 존일왕의 심복이라고 할 수 있다.

그러니까 말하자면 이들 세 명의 초후가 가장 신임하고 있는 세 명의 존일왕들이 자신들의 심복에게 초후를 미행하라고 지시한 것이다.

세 명의 초후는 열두 명의 금투정수들과 연종초를 번갈아 쳐다보면서 자신들이 어떻게 해야 할지 갈피를 잡지 못하고 허둥거렸다.

그때 연종초가 차분한 어조로 말했다.

"서방님께서 저자들의 심지를 제압하신 것이므로 사실을 말한 것이다."

세 명의 초후는 시선이 저절로 화운룡에게 향했다가 얼굴에 불신의 표정이 설핏 떠올랐는데 눈이 예리한 연종초는 그걸 놓치지 않았다.

"내 말을 믿지 못하는 것이냐?"

연종초의 서릿발처럼 싸늘한 목소리에 세 명의 초후는 흠칫 몸을 떨었다.

연종초가 화운룡 허벅지에 앉아서 그에게 아양과 교태를 부리더라도 그녀는 엄연한 천신국의 여황이라는 사실을 잊어서는 안 된다.

연종초는 방금 세 명의 초후에게 서릿발처럼 말할 때와는 천양지차인 나긋나긋한 코 먹은 목소리로 말하며 화운룡의 목에 매달렸다.

"서방님, 저놈들 중에서 한 놈의 심지를 제압해 보시와요."

화운룡이 가만히 있자 연종초가 다시 한번 코맹맹이 소리로 아양을 떨었다.

"아이~ 서방님~!"

"동초후 제압했다."

"어머? 언제요?"

화운룡은 연종초의 엉덩이를 툭툭 두드리며 웃었다.

"내가 언제 종초 네 명령을 거역한 적이 있었느냐?"

연종초는 너무 기뻐서 까무러칠 것만 같아 그의 뺨에 입을 맞추면서 이어전성을 보냈다.

[이렇게 말 잘 들으시는 예쁜 서방님이 세상에 어디에 계실까 몰라요.]

동초후의 심지를 제압했다는 화운룡의 말에 모두의 시선이 그에게 집중되었다.

더구나 바로 옆에 서 있는 서초후와 남초후는 아무것도 느끼지 못했는데 동초후의 심지가 제압됐다고 하니까 귀신이 곡할 노릇이다.

뿐만 아니라 서초후와 남초후가 보기에 심지가 제압됐다는 동초후는 겉으로 보기에는 아무런 이상이 없다.

연종초가 차분한 목소리로 동초후에게 물었다.

"동초, 내가 서방님 무릎에 앉아 있는 것을 너는 어떻게 생각하느냐?"

동초후가 즉각 공손히 대답했다.

"채신머리없는 짓입니다."

서초후와 남초후는 흠칫 놀라서 동초후를 쳐다보았다. 여황 폐하에게 채신머리없는 짓이라니, 즉참을 당해도 마땅한 대죄가 분명하다.

머리가 이상해지지 않고는 동초후가 절대로 그런 말을 할 리가 없다. 그러므로 동초후는 화운룡에게 심지가 제압된 것이 분명하다.

그때 화운룡이 말했다.

"이번에는 서초후다."

남초후는 온몸의 물기가 한순간에 다 빠져나가는 듯한 섬뜩함을 맛보았다.

동천후의 심지를 언제 제압했는지도 모르는데 이번에는 서초후를 제압했다는 것이다.

그 말은 동초후의 제압된 심지를 풀어주었다는 뜻이기도 할 터이다.

남초후가 오금이 다 저리는 이유는 그다음이 자신의 차례이기 때문이다.

연종초가 서초후에게 물었다.

"서초, 너는 내 서방님을 어떻게 생각하느냐?"

서초후는 화운룡을 바라보며 공손히 대답했다.

"제가 아는 한 비룡공자는 천하제일의 기남아이며 미남아이고 또 풍운아입니다."

연종초는 흡족한 미소를 지으며 고개를 끄떡였다.

이번에는 자신의 차례라서 남초후의 똥줄이 바짝 탔다. 여황이 방금 서초후에게처럼 저런 우호적인 하문을 해야 할 텐데 미칠 지경이다.

*   *   *

한 번씩 심지가 제압됐었던 동초후와 서초후는 잠시 멍한 표정으로 서로의 얼굴을 쳐다보았다.

서초후는 동초후가 심지가 제압된 상태에서 하는 말을 들었으며, 반대로 동초후는 서초후의 심지가 제압된 상태에서 하는 말을 들었다.

그런데 동초후와 서초후는 자신이 무슨 말을 했었는지 모르고 있다. 그래서 더 불안하다.

동초후와 서초후의 시선이 마지막 남은 남초후에게 향했다가 다시 화운룡에게 향했다.도대체 화운룡이 언제 어떻게 남초후의 심지를 제압하는지 보려고 눈에 잔뜩 힘을 주고 있을 때 연종초의 나직한 목소리가 들렸다.

"남초, 내가 천하를 잘 다스리고 있다고 생각하느냐?"

순간 동초후와 서초후는 움찔했다. 여황이 남초후에게 물었는데 동초후와 서초후의 심장이 쫄깃해졌다.

동초후와 서초후는 다시 한번 서로의 얼굴을 쳐다보았다. 말은 하지 못하지만 두 사람의 얼굴에는 '여황께서 나한테도 저런 것을 하문하셨나?'라고 묻고 있었다.

하지만 지금 두 사람은 거기에 대해서 대답해 줄 처지가 아니기에 답답하기만 하다.

남초후는 전혀 심지가 제압된 사람답지 않게 공손히 허리를 굽히며 대답했다.

"폐하께선 더 이상 완벽할 수 없을 만큼 천하를 잘 다스리고 계십니다."

"그래?"

연종초는 흡족한 미소를 지으며 한 가지 더 물었다.

"너는 내 서방님을 어떻게 생각하느냐?"

"누구신지 몰라서 말씀드릴 수가 없습니다."

"내 서방님께선 비룡공자이시다."

남초후는 움찔 놀란 듯한 표정으로 화운룡을 한 번 보고 나서 조심스럽게 대답했다.

"비룡공자는 이 년여 전에는 중원에서 가장 존경받는 정협(正俠)이라고 들었습니다. 개인적으로 꼭 한 번 만나보고 싶었습니다."

연종초는 미소를 지었다.

"만나서 무엇을 하고 싶었던 것이냐?"

"신분을 떠나서 인간 대 인간, 사내 대 사내끼리 술 한잔 나누고 싶었습니다."

연종초는 고개를 끄떡였다.

"마지막 질문이다. 너는 내가 서방님 무릎에 앉은 것을 어떻게 생각하느냐?"

남초후는 빙그레 미소 지었다.

"정말 보기 좋습니다."

동초후와 서초후는 불신의 표정을 지으며 단상의 화운룡을 쳐다보았다.

정말로 남초후의 심지를 제압한 것이 맞느냐고 확인하는 듯한 표정이다.

남초후가 여황의 마음에 꼭 드는 대답만 하는 것을 본 동초후와 서초후는 자신들만 심지가 제압됐던 것이 아닌가 하는 의심이 들었다.

하지만 절대로 그럴 리가 없다. 여황과 화운룡이 뭐가 아쉬워서 이런 자리에서 그런 광대놀음을 하겠는가.

연종초가 세 명의 초후에게 명령했다.

"이자들은 심지가 제압됐으므로 너희가 잘 이용해서 배신의 무리들을 색출해라."

세 명의 초후는 연종초가 가리킨 미행자 열두 명을 쳐다보고 나서 공손히 허리를 굽혔다.

"명을 받듭니다."

"어떤 방법으로 배신자들을 색출해야 하는지 방법을 가르처 줘야 하느냐?"

"아닙니다, 폐하."

"말씀은 감사합니다, 폐하."

화운룡이 미행자들을 붙잡아서 심지까지 제압해 주었는데 여기에서 뭘 더해주기를 바란다면 세 명의 초후는 자신들이 무능하다는 사실을 인정하는 것이다.

화운룡이 한쪽에 서 있는 히코를 불렀다.

"히코, 미행자 열두 명 외에 다른 자들은 없었느냐?"

히코가 공손히 허리를 굽혔다.

"백 리 이내에는 없었습니다."

항아의 최측근인 히코와 아오메, 그리고 흑풍대 우두머리 산하, 뇌우는 심심상인으로 미래의 기억을 되찾았으므로 화운룡을 주군으로 섬기게 되었다.

히코가 덧붙였다.

"수하들이 길목을 지키고 있습니다."

히코는 부상인자들을 요소요소에 은둔시켜 놓았을 것이다. 부상인자들이 한 번 숨으면 아무도 찾아내지 못하고, 그들이 누군가를 찾아내려고 한다면 아무도 그들의 눈을 피할 수 없다는 것은 잘 알려진 사실이다.

그때 히코가 수하의 묵언을 듣고 나서 보고했다.

"주군, 누가 성문 앞에 도착했다고 합니다."

동초후가 공손히 아뢰었다.

"북초후일 것입니다."

화운룡이 연종초와 항아의 허리를 안고 벌떡 일어나 그녀들을 내려주고 나서 말했다.

"자리를 옮기자."

넓은 원탁에는 화운룡과 연종초, 연군풍, 연본교, 그리고 네 명의 초후 여덟 명이 둘러앉았다.

원탁에는 푸짐한 술과 요리가 차려져 있는데 전부 연본교가 요리한 것이다.

그리고 이 자리에는 화운룡을 제외하곤 모두 천신국 사람들뿐인데 화운룡이 그들과 따로 할 얘기가 있기 때문이다.

"한 잔 마시자."

화운룡이 술잔을 들자 연종초를 제외한 모두들 허둥지둥 자신의 잔에 술을 따르느라 부산했다.

화운룡은 술잔을 들고 네 명의 초후를 한 명씩 둘러본 후에 조용한 목소리로 말했다.

"반갑다."

네 명의 초후가 공손히 고개를 숙일 때 화운룡은 단숨에 술잔을 비웠다.

네 명의 초후는 조심스럽게 술을 마시고 빈 잔을 내려놓으며 화운룡을 주시했다. 그들의 예감으로는 그가 매우 중요한 말을 할 것 같았다.

연종초가 젓가락으로 고기 요리 한 점을 집어서 화운룡 입에 넣어주었다.

도착하자마자 이곳에 불려온 북초후는 그 광경을 보고 눈을 휘둥그렇게 뜨며 놀랐다.

동초후, 서초후, 남초후는 그런 북초후를 보면서 의미심장한 미소를 지었다.

북초후는 아무런 사전 지식도 없이 이곳에 왔고 도착해서도 곧장 술자리에 합석했기 때문에 연종초가 어째서 화운룡에게 저런 행동을 하는지는 고사하고 화운룡이 누군지도 모르고 있는 실정이다.

그렇지만 연종초는 아랑곳하지 않고 화운룡의 빈 잔에 술을 따르고 그가 한 잔 더 마시자 기다렸다는 듯이 안주를 그의 입에 넣어주었다.

북초후는 그런 행동을 하고 있는 연종초가 더없이 행복한 표정을 짓고 있는 것을 보고 머리가 어질어질했다.

화운룡이 나직한 목소리로 입을 열었다.

"내 생각은 이렇다."

세 명의 초후가 긴장된 표정으로 화운룡을 주시하는 것을 보고 북초후도 같은 행동을 취했다.

영문은 모르지만 화운룡이 매우 중요한 인물이라는 생각이 들었기 때문이다.

"천하를 하나의 국가로 일통하겠다."

이미 천신국이 천하통일을 이루었는데 새삼스럽게 또다시 천하를 하나의 국가로 일통하겠다니 네 명의 초후들만이 아니라 연군풍과 연본교까지도 의아한 표정을 지었다.

화운룡은 서두르지 않고 세 번째 술잔을 비운 후에 느긋하게 말을 이었다.

"그 통일 국가의 국명이 무엇이 되든 상관이 없다. 그 나라에서 모든 사람들이 함께 평화롭게 살 테니까 말이다."

'모든 사람들이 함께 산다'는 말에 연군풍과 연본교, 네 명의 초후는 움찔했다.

지금 화운룡이 하고 있는 말은 사전에 아무하고도 상의한 적이 없었다.

그 혼자서 꽤 오랜 세월 동안 꾸준하고도 진지하게 궁리한 결과물을 토로하고 있는 것이다.

연종초로서도 처음 듣는 얘기지만 그녀는 자신의 모든 것을 맡긴 화운룡이 하는 일이므로 그저 묵묵히 따를 뿐이다.

"이 땅에는 명나라도 천신국도 존재하지 않는다. 다만 더 이상의 싸움 없이 모두 함께 사이좋게 살아나갈 평화로운 나라만 존재할 뿐이다."

네 명의 초후는 그제야 화운룡이 하고 있는 말의 내용이 무엇인지 조금 감을 잡고 입안이 바싹 탔다.

화운룡의 말인즉 명나라와 천신국이 이 땅에서 함께 평화롭게 살자는 것이다.

그렇게만 된다면 더 이상 바랄 것이 없다. 하지만 현실적으로 불가능한 일이다.

첫째, 화운룡이 대체 무언데 천하일통을 논하고 또 명나라와 천신국의 운명을 제멋대로 좌지우지한다는 말인가.

둘째, 중원천하는 이미 천신국이 일통을 시켰다. 속으로는 곪든지 어떨지 모르지만 겉으로는 예전 명나라 때보다 훨씬 살기가 좋아졌다면서 백성들이 덩실덩실 춤을 추며 노래를 부르고 있다.

셋째, 천신국은 다섯 개 민족이 하나로 모여서 이룬 다민족 국가다.

그러므로 중원과 천신국이 합친다는 것은 중원과 다섯 국가가 합친다는 의미다.

두 개 국가가 합치는 것도 어려운데 하물며 여섯 개 국가가 합쳐서 평화롭게 살아간다는 것은 꿈같은 일이다.

그 밖에도 천신국과 중원이 함께 어울려서 살아가는 일이 불가능한 이유는 헤아릴 수 없을 만큼 많다.

그렇지만 네 명의 초후는 감히 자신들이 나설 자리가 아니라서 입을 다물고 있다.

하지만 그들은 얼굴에 떠올라 있는 불응(不應)의 표정을 다 지우지는 못했다.

그러나 연군풍과 연본교는 네 명의 초후하고는 달리 화운룡의 말을 완전히 불신하지도 않았으며 그렇다고 전적으로 신뢰하지도 않았다.

화운룡이 어떤 사람인지 어느 정도는 알기 때문이다. 그렇지만 조금 전에 그가 한 말은 허황되다고 말할 정도로 이루어지기 어려운 일이다.

그렇기에 아무리 화운룡이라고 해도 그 일을 이루기는 쉽지 않을 것이라고 생각하는 것이다.

하지만 연종초는 다르다. 그녀는 화운룡과 심심상인을 통해서 그의 모든 것을 알게 되었으므로 그라면 이루지 못할 일이 없다고 철석같이 믿었다.

화운룡은 네 명의 초후에게 조용한 목소리로 말했다.

"너희들은 내게 맡기겠느냐?"

"……"

무엇을 맡기라는 것인지 몰라서 네 명의 초후는 눈만 껌뻑거리다가 늦게 합류한 북초후가 용기를 내서 물었다.

"무엇을 맡기라는 것입니까?"

화운룡이 누군지 모르지만 여황이 손수 술 시중을 들고 있는 믿어지지 않는 광경을 눈으로 목격하고 있기에 북초후는 최대한 공손한 태도를 취했다.

화운룡은 연종초가 두 손으로 공손히 내미는 잔을 한 손으로 받았다.

"너희들의 민족이다."

"……."

네 명의 초후는 크게 놀라는 표정을 지었다가 잠시 후에 이번에는 남천후가 조심스럽게 두 손으로 연종초를 가리키면서 말했다.

"저희들의 여황이십니다."

연종초가 배시시 미소 지었다.

"천첩에게 하명하실 일이 있으신가요?"

"그것은 잠시 후에 얘기하자."

화운룡은 네 명의 초후에게 물었다.

"너희들 각자의 민족을 여황에게 일임한 것이냐? 그녀가 너희들 민족의 운명을 손에 쥐고 있는 것이냐?"

네 명의 초후는 공손히 고개를 숙였다.

"그렇습니다."

화운룡은 연종초와의 심심상인을 통해서 천신국이 어떻게 해서 이루어졌는지 알게 되었다.

고구려 패망 이후에도 고구려인의 정신적 지주인 연신가는 수백 년 동안이나 백두산 깊은 곳에 자리를 잡은 채 세상하고는 단절된 세월을 보냈다.

그러다가 지금으로부터 삼백오십여 년 전에 연신가는 나라를 잃고 천하를 떠돌면서 온갖 핍박을 받고 있는 고구려 민족을 구해야겠다고 마침내 결단을 내린다.

연신가의 십장로 중에서 여덟 명이 천이백여 명의 제자들 중에서 팔백 명을 이끌고 세상에 출도하여 천하에 흩어져 있는 고구려 민족을 모으기 시작했다.

그 후로 삼십여 년 동안 연신가는 중원과 변방 곳곳에 흩어져 있는 고구려 민족 삼백만 명을 모으는 데 성공했다.

그리고 중원의 동북방 옛 부여(夫餘) 땅 은밀한 곳에서 고수와 군사들을 양성했다.

그러기를 다시 이십여 년, 연신가는 마침내 일만 고수와 이십만 군사를 이끌고 중원으로 향했다.

하지만 삼만 고수와 이십만 군사로는 중원을 도모하는 것이 역부족이었다.

그래서 더 힘을 키우기 위해서 중원 변방의 나라 잃은 여러 족속들을 규합하기 시작했다.

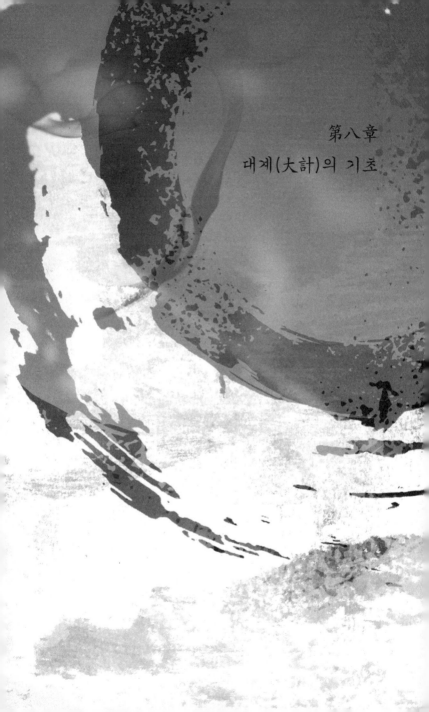

第八章

대계(大計)의 기초

화운룡은 술을 따르고 있는 연종초에게 조용히 물었다.

"종초야, 천신국을 내게 맡기겠느냐?"

화운룡은 그녀의 잔이 빈 것을 보고 술을 따라주었다.

연종초는 술잔을 들어 화운룡이 쥐고 있는 잔에 가볍게 부딪치며 영롱한 목소리로 말했다.

쨍…….

"부디 우리 천신국을 구해주세요."

"알았다."

북초후의 표정이 좋지 않았다. 화운룡이 여황에게 지나칠 정도로 무례할 뿐만 아니라 천신국의 일을 마치 안줏거리처럼 생각하는 것 같아서다.

세 명의 초후는 화운룡을 쳐다보고 있느라 북초후가 발끈하는 모습을 발견하지 못했다.

북초후는 벌떡 일어나서 화운룡을 손가락질하며 나직하게 호통을 쳤다.

"귀하! 폐하께 너무 무례한 것 아니오? 귀하는 폐하를 무엇이라고 생각하는 것이오?"

동초후와 서초후, 남초후가 움찔 놀라서 동시에 벌떡 일어나 화운룡과 연종초에게 급히 허리를 굽혔다.

"폐하, 속하들이 북초후를 잘 타이르겠습니다. 그러니 부디 용서하십시오."

북초후는 멍한 표정으로 세 명의 초후를 쳐다보았다.

"왜 그러는 것이오?"

현명한 남초후가 조용한 어조로 북초후를 타일렀다.

"어서 폐하와 공자께 용서를 비시오."

"나는……."

여황 면전에서 전음을 사용하는 것은 불경이라서 남초후는 조그만 소리로 알려주었다.

"비룡공자께선 폐하의 부군이시오."

"……."

북초후는 크게 놀란 표정으로 그 자리에 굳어버렸다.

비룡공자, 그는 이 년여 전에 무림제일인이라는 소문이 나돌기까지 했던 젊은 대영웅이었다.

그런 비룡공자가 눈앞의 저 근사하기 짝이 없는 미장부이며 여황의 부군이라는 것이다.

북초후는 목숨이 열 개라도 절대로 씻을 수 없는 대죄를 저질렀다.

평소에 지니고 있는 여황에 대한 절대적인 충성심이 지금 그를 절망의 구렁텅이로 밀어 넣었다.

오십 대 중반 장대한 체구에 용맹한 용모를 지닌 북초후의 짧은 반백 수염이 부르르 떨렸다.

한순간 그는 낮게 부르짖으면서 자신의 주먹으로 정수리 백회혈을 내리찍었다.

"폐하! 용서하십시오!"

화운룡과 여황에게 대죄를 지은 것을 자결로써 스스로를 벌하려는 것이다.

그러나 빠르게 찍어가던 그의 주먹은 백회혈 세 치 근처에서 뚝 멈췄다.

그는 크게 놀라고도 당황한 벌건 얼굴로 화운룡과 연종초를 쳐다보았다.

"어이해……."

그는 연종초가 자신의 자결을 제지했다고 짐작했다.

화운룡이 담담히 말했다.

"그 정도 실수로 자결을 한다면 나는 수백 번도 더 자결을 했을 것이다."

화운룡은 오른손에 술잔을 쥐고 있으며 왼손은 자신의 무릎에 놓여 있다.

그리고 연종초는 화운룡이 술을 마시면 그의 입에 넣어줄 안줏감을 고르는 중이다.

방금 화운룡이 그런 말을 했으므로 그가 북초후를 제지했을 것이다.

북초후가 절반의 공력을 실은 주먹으로 자신의 정수리를 쳐가는 것을 화운룡은 술잔을 쥐고 있는 상태에서 무형지기를 발출하여 제지시켰다는 뜻이다.

자신의 정수리를 주먹으로 때리는 것과 일 장 반 거리에서 무형지기를 발출하여 제지하는 것 중에 어느 것이 더 빠를지 논하는 것 자체가 우둔한 일이다.

그것만으로도 북초후는, 아니, 다른 세 명의 초후들까지도 화운룡의 무위가 최소한 자신들보다 서너 단계는 더 높을 것이라고 짐작했다.

화운룡은 술잔을 쥔 채 네 명의 초후에게 말했다.

"앉아라."

네 명의 초후는 화운룡에게서 시선을 떼지 않은 채 조심스럽게 자리에 앉았다.

이즈음 이들은 화운룡이 여황의 부군이라서가 아니라 그에게 진심으로 존경심이 생기기 시작했다.

"천황파를 괴멸시키고 천하를 일국(一國) 체제로 만들어 중원과 천신국 사람들이 모두 함께 어울려서 사이좋게 살 수 있는 나라를 만들도록 하겠다."

네 명의 초후 얼굴에 흐릿한 희망과 기대의 표정이 노을처럼 떠올랐다.

화운룡은 네 명의 초후들을 둘러보며 진지하게 말했다.

"너희가 도와줘야 가능한 일이다."

네 명의 초후는 일제히 벌떡 일어나서 깊숙이 허리를 굽히며 외쳤다.

"목숨을 바쳐서 충성하겠습니다!"

여황인 연종초마저도 중원천하를 비롯한 천신국의 일까지 화운룡에게 전적으로 일임하는 마당에 네 명의 초후들이 선택할 수 있는 길은 하나, 복종뿐이다.

네 명의 초후는 화운룡이 어떻게 그런 나라를 만들 것인지 궁금한 것들이 많았지만 아무것도 묻지 않았다. 화운룡을 전적으로 신뢰하기 때문이다.

연종초가 술잔을 입에 대면서 물었다.

"서방님, 그럼 황제는 누굴 앉힐 건가요?"

"광덕왕이 어떨까 생각하는데,"

"흠……."

연종초는 쓰다 달다 말하지 않고 젓가락으로 애꿎은 요리만 뒤적거렸다.

화운룡은 문득 자봉의 부친인 광덕왕이 예전에 연종초에게 절대적으로 충성했으며 그녀가 그를 조금쯤은 총애했었다는 사실을 기억해 냈다.

그 당시에 광덕왕 주헌결은 자신이 천여황에게 총애를 받는다는 사실을 매우 자랑스러워했다.

그런데 화운룡은 지금 연종초의 반응을 보고 그녀가 주헌결을 탐탁하게 여기지 않는다는 사실을 깨달았다.

"네가 생각해 둔 사람이 있느냐?"

"아버님은 어떨까요?"

화운룡은 의아한 표정을 지었다.

"누구 아버님?"

연종초는 수줍게 살짝 미소 지었다.

"큰언니 아버님 말이에요."

화운룡은 옥봉의 부친 정현왕 주천곤을 떠올렸다가 한순간 깜짝 놀랐다.

"너… 우리 가족을 찾은 것이냐?"

연종초는 방긋 웃었다.

"네, 서방님."

"정말이냐?"

화운룡은 벌떡 일어나며 외치듯이 물었다.

"앉으세요."

연종초가 그의 팔을 잡고 끌어당겨 자리에 앉혔다.

"어느 분을 찾은 것이냐?"

"모두 찾았어요."

"모… 모두?"

좀처럼 놀라지 않는 화운룡이지만 가족들을 모두 찾았다는 말에 놀라지 않을 수가 없다.

일전에 화운룡이 북경 자금성에 잠입하여 알아봤을 때 동초후는 그의 가족들이 동해 흑사도라는 절해고도로 끌려갔다는 사실을 알아냈다.

그렇지만 화운룡은 옥봉을 구하는 것이 급해서 우선 천신국으로 달려가느라 흑사도의 가족들에 대한 것은 더 이상 진전이 없었다.

화운룡은 이곳 운룡재에서 연종초와 재회하여 급한 일들을 마무리하고 나서 그녀에게 가족들을 찾아내 구해달라는 말을 했었다.

연종초는 흑사도라는 곳이 있는지조차 모르고 있었으므로

그곳에 화운룡 가족들이 유배를 갔을 것이라고는 눈곱만큼도 상상하지 못했다.

그러고 나서 사흘이 지났을 뿐인데 연종초가 화운룡의 가족들을 찾았다는 것이니 놀라지 않을 수가 없다.

"그들은 어디에 있느냐?"

"이곳으로 오시는 중이에요. 늦어도 오늘 밤이면 도착할 수 있을 거예요."

"그렇게 빨리?"

화운룡은 너무 놀라서 벌떡 일어섰다가 앉았다.

"흑사도에 가루라와 대묘봉을 보냈어요."

"오……."

하루에 만 리를 비행할 수 있는 가루라와 대묘봉에는 최대 오륙십 명이 탈 수 있으니 오래지 않아서 가족들 모두를 만날 수 있을 것이라는 생각에 화운룡은 가슴이 두근거렸다.

"종초야, 이리 와라."

화운룡이 앉아서 두 팔을 벌리자 연종초가 일어나서 가까이 다가와 그에게 안겼다.

그는 자신의 허벅지에 마주 보고 앉은 연종초를 가슴에 깊이 꼭 안고 등을 쓰다듬었다.

"고맙다."

"처음부터 천첩의 잘못인데요, 뭐……."

연종초는 고맙고도 감격하여 이대로 몸이 녹아서 화운룡의 몸속으로 들어갈 것만 같았다.

화운룡은 네 명의 초후에게 말했다.

"내가 심지를 제압한 미행자들을 이용하면 너희들 휘하의 천황파들을 찾아낼 수 있을 것이다."

네 명의 초후는 공손히 듣기만 했다.

"배신자들을 일망타진한 후에 휘하의 전 고수와 군대를 철저히 재정비하고 내 명령을 기다려라."

"명을 받듭니다."

네 명의 초후는 공손히 허리를 굽혔다.

"너희들이 어디에 다녀왔는지에 대해서는 너희들끼리 말을 맞추도록 해라."

"알겠습니다."

네 명의 초후가 떠난 후에 화운룡은 연종초와 함께 운룡재로 돌아왔다.

그가 운룡재 일 층 입구로 들어서자 대전에 있던 여러 사람들 중에 명상과 호아가 바람처럼 달려오며 외쳤다.

"주군!"

"사부님!"

두 사람은 명림의 연락을 받고 황산에서 아미파 제자들을 이끌고 조금 전 이곳에 도착했다.

명림이 명상과 호아에게 이곳에 있는 사람들을 소개하려고 하는데 화운룡과 연종초가 돌아온 것이다.

"하하하! 상아! 호아!"

원래 호아는 명림, 명상과 같이 지냈었는데 사천에서 화운룡이 명림과 손설효 등을 불렀을 때 헤어졌다가 조금 전에 다시 만났다.

명림과 호아는 이 년여 전 태주현 동태하 싸움 때 불타는 배에서 온몸이 불타 짓물러진 몸으로 도망쳐서 간신히 목숨을 건졌었다.

그 후 처참한 몰골로 회련루라는 주루를 운영하며 근근이 살아가다가 천행으로 화운룡과 재회를 하여 불에 탄 몸을 치료받고 무공을 되찾을 수 있었다.

명상과 호아는 마치 몇 년이나 헤어졌던 혈육이라도 만난 것처럼 화운룡의 품속으로 파고들며 울었다.

상처 입은 사람일수록, 그리고 그 상처가 크면 클수록 감정의 골이 깊고도 높은 법이다.

그래서 명상과 호아에게 화운룡은 주군과 사부, 그 이상의 의미가 있는 사람인 것이다.

명상이 고개를 들고 화운룡의 뺨을 어루만지며 울음을 그치지 못했다.

"건강한 모습을 뵈니까 정말 좋아요. 어디 다치신 곳은 없겠지요?"

화운룡은 두 여자를 떼어내고 명상에게 물었다.

"상아, 풍개는 어디에 있느냐?"

개방 방주 신풍개는 얼마 전에 명상을 사랑한다고 고백한 적이 있었다.

명상은 부끄러운 얼굴로 대답했다.

"그는 화북대련에 있어요."

화북대련은 천외신계를 대적하기 위해서 결성된 중원 무림의 유일한 무림맹이라고 할 수 있다.

옛 춘추구패의 하나였던 균천보 보주의 장남 전학과 전충, 전걸, 전송 사남매가 처음으로 화북대련이라는 것을 결성하려고 했을 때부터 화운룡이 전폭적으로 지원을 해주었다.

그 후로도 화운룡은 자신과 인연이 닿은 많은 사람들을 화북대련으로 보냈으며 금전적인 지원을 점점 늘려서 현재는 해룡상단에서 매월 황금 오십만 냥씩 은밀하게 보내고 있다.

"풍개에게 서찰을 보내야겠다."

명상은 화운룡에게서 떨어지지 않으려고 바싹 밀착하며 대답했다.

"알았어요."

그런 명상을 명림이 자연스럽게 떼어냈다.

"언니, 소개드릴 분들이 있어."

명상은 명림을 흘기며 전음을 보냈다.

[림아, 어째서 주군과 같이 있지 못하게 하는 거지?]

[흥! 언니가 그이와 몸을 밀착하고 자꾸 더듬잖아.]

명상은 움찔 당황했으나 지려고 하지 않았다.

[내가 언제 그랬어?]

[내가 다 봤어.]

[그… 러면 안 되니?]

명림은 냉정한 표정을 지었다.

[당연히 안 되지. 언니는 개방주 신풍개와 좋아하는 사이
아니었어?]

명상은 샐쭉한 표정을 지었다.

[풍개보다는 주군을 더 좋아해.]

[어림도 없는 소리 하지 마.]

명상은 명림에게 끌려가다가 우뚝 멈추고 그녀를 쏘아보았
다.

[너도 주군 좋아하잖니?]

명림은 정색을 했다.

[언니가 좋아하는 것보다 만 배 이상이야.]

명상은 찔끔했다. 동생 명림이 미래에, 그리고 지금도 얼마

나 화운룡을 사랑하고 있는지 잘 알기 때문이다.

＊　　　　　＊　　　　　＊

　명림은 명상과 호아를 옥봉과 항아 앞에 세웠다.

　"인사드려요. 대주모(大主母)님과 이주모(二主母)님이에요."

　"……."

　명상 얼굴에 경악지색이 역력하게 떠올랐다. 그녀의 시선은
더 이상 아름다울 수 없는 절대미모의 옥봉 얼굴에 고정되어
동공이 마구 떨렸다.

　명상은 옥봉을 처음 보지만 화운룡이 옥봉과 혼인한 것과
그녀를 구하러 천신국에 갔다는 사실은 잘 알고 있었다.

　화운룡이 옥봉을 구해서 무사히 돌아왔다는 말을 명림으
로부터 들었으면서도 어째서 옥봉의 존재를 까맣게 잊고 있었
는지 모를 일이다. 화운룡을 만난 반가움 때문이다.

　명림이 전음으로 명상을 일깨워 주었다.

　[언니, 인사드리지 않고 뭐 하고 있어?]

　"아……."

　명상은 화들짝 놀라서 급히 포권을 하며 허리를 깊이 굽혔
다.

　"명상이 주모를 뵈어요."

그녀는 불가를 버리고 환속하기로 결심한 이후부터는 무림인처럼 행세하고 있다.

명상 옆에 서 있는 호아는 옥봉을 보면서 하염없이 눈물을 흘렸다.

"사모님……."

옥봉은 호아의 두 손을 덥석 잡으며 눈물을 흘렸다.

"호아, 살아 있었구나……!"

호북연세가의 연오가 청일점으로 포함된 용봉호법대 열두 명은 이곳 운룡재 이 층을 독점하여 지냈었다.

옥봉은 자주 이 층에 내려와서 무공연마에 열중하고 있는 용봉호법대를 격려했었기에 서로 친분이 깊었다.

더구나 그 당시에 십오 세로 막내였던 호아를 옥봉은 특히 더 예뻐했었다.

"으앙! 사모님!"

호아는 옥봉 품에 안기며 어린아이처럼 울음을 터뜨렸다.

옥봉도 눈물을 흘리며 호아를 꼭 안고 다정하게 등을 쓰다듬어주었다.

그 광경을 보고 항아와 명림, 명상 등은 흐뭇한 미소를 지으면서도 같이 눈물을 흘렸다.

명상이 주먹을 쥐고 허공에 흔들면서 독한 표정을 지었다.

"천외신계가 아니었으면 호아와 림아가 참혹한 모습으로 고생을 하지도 않았을 거예요. 언젠가 천여황을 만나게 되면 반드시 내 손으로 목을 비틀어서 죽이고 말겠어요……!"

자신의 말에 아무도 호응하지 않자 그녀는 흑백이 분명한 크고 까만 두 눈을 치뜨면서 중인을 둘러보았다.

"정말이에요. 두고 보세요. 제 목을 걸고 천여황을 죽이고 말 거라고요……!"

그럼에도 불구하고 여전히 아무도 호응하지 않아서 명상은 괜히 머쓱해졌다.

명림이 명상을 항아 앞으로 이끌었다.

"인사드려요. 이주모님이에요."

명상은 화들짝 놀라서 급히 포권하며 허리를 굽혔다.

"명상이 인사드립니다……!"

호아도 인사를 한 후에 명림이 이번에는 연종초 앞으로 명상을 이끌었다.

"삼주모(三主母)님이에요. 인사드려요."

명상은 크게 놀라 눈을 깜빡거리며 연종초를 바라보았다.

그녀는 옥봉과 쌍벽을 이룰 절대미녀를 보다가 그 옆에 서 있는 화운룡을 쳐다보았다.

그가 부인을 세 명이나 거느리고 있다는 사실이 믿어지지 않기 때문이다.

화운룡은 싱긋 웃으면서 한 팔로 연종초의 가느다란 허리를 안아 가볍게 끌어당겼다.

"내 부인에게 인사하지 않겠느냐?"

"아… 명상이 삼주모님을 뵈옵니다."

"반가워요. 연종초예요."

연종초가 손을 잡자 명상은 고개를 들고 그녀를 바라보며 눈부신 표정을 지었다.

"너무도 아름다우시군요."

명림이 차분한 목소리로 말했다.

"자, 지금부터 언니는 약속한 대로 목숨을 걸고 삼주모님을 죽이도록 하세요."

"그게 무슨 소리지?"

명림은 두 손으로 연종초를 공손히 가리켰다.

"삼주모님께서 천신국의 여황 즉, 천여황이에요."

"……"

명상은 멍한 표정을 지으며 연종초를 바라보았다. 그녀는 방금 명림이 한 말을 절대로 믿지 않았다. 천여황이 눈앞에 서 있을 리가 없으며, 화운룡이 절대로 천여황을 부인으로 삼았을 리가 없기 때문이다.

연종초는 쓸쓸한 미소를 지었다.

"미안해요. 내가 천여황이에요."

"그럴 리가……."

연종초는 두 손을 앞에 모으고 공손하게 말했다.

"부탁해요. 저를 죽이지 말아주세요. 아직 죽고 싶지 않아요."

"아아… 삼주모님……."

명상은 당황해서 어쩔 줄 몰랐다.

화운룡도 진심 어린 표정으로 부탁했다.

"상아, 종초, 아니, 천여황을 한 번 용서해 주면 안 되겠니? 내가 무릎이라도 꿇을까?"

화운룡과 연종초, 연본교는 동태하를 건너서 태주현에 왔다.

화운룡은 사람들의 이목 때문에 이형변체신공으로 얼굴 모습을 평범한 중년인으로 바꾸었다.

화운룡과 연종초가 나란히 앞서고 연본교는 세 걸음 뒤에서 따르고 있다.

비룡은월문 성채에 새 문파인 와룡봉추도를 개파하려면 천신국 태주분타의 허락을 받아야 하기 때문이다.

약간 덥수룩한 수염을 기른 평범한 중년인 모습의 화운룡은 실로 오랜만에 보는 태주현 내 거리를 걸으면서 이리저리 두리번거렸다

연종초는 다시 재회한 화운룡과 행하는 모든 일들이 처음

하는 것이지만 이렇게 거리를 나란히 걷는 것은 또 다른 감흥을 불러일으켰다.

그녀는 두 팔로 화운룡의 팔을 가슴에 꼭 안고 그의 어깨에 고개를 살짝 기댄 자세로 걸으면서 너무도 행복한 표정을 짓고 있다.

그때 갑자기 거리의 몇몇 사람들이 한쪽 방향으로 달려가면서 소리쳤다.

"싸움이 벌어졌다! 또 은월진천문이야!"

"상대는 녹림 무리야!"

많은 사람들이 거리 저쪽으로 우르르 몰려가는 것을 보면서 화운룡은 '은월진천문'이라는 문파명이 낯설지 않다는 생각이 들었다.

어느 강가 포구에 수십 척의 중간급 배들이 정박해 있으며 포구 거리에서 한창 싸움이 벌어지고 있는 중이다.

콰차차차창!

"으아악!"

"흐와악!"

그런데 이건 몇 명끼리의 싸움이 아니라 수백 명이 한데 뒤엉킨 전쟁 같은 싸움이다.

화운룡이 보기에 녹림인 수적(水賊) 무리 족히 삼백여 명을 겨우 십오륙 명의 무림인들이 막고 있는 양상이다.

그 광경은 누가 보더라도 수적 무리가 현 내에 쳐들어온 것을 무림고수들이 막고 있는 광경이다.

십오륙 명의 무림인들은 일류고수급의 실력자들이지만 수적 무리가 너무 많아서 협공을 당하느라 제대로 실력을 발휘하지 못하고 있다.

적들이 상대할 수 있을 만큼 돼야 실력을 제대로 펼치기라도 할 텐데 이건 사방에서 쏟아지는 도검과 창, 도끼 따위를 막느라 정신이 없어서 무림인들은 평소의 절반에도 못 미치는 실력으로 싸우고 있는 중이다.

더구나 수적 무리의 실력이 제법이다. 절대 오합지졸이 아니다. 저들이 수적이 맞는다면 필시 살아남으려고 피나는 훈련을 거쳤다는 뜻이다.

하기야 천신국이 통치하고 있는 당금 중원천하에서 사파 무리나 녹림 무리가 살아남는 일은 예전에 비해서 몇 배나 더 힘들어졌다.

천신국은 민생을 위협하는 사파와 녹림을 절대로 용서하지 않고 박멸하기 때문이다.

그래서 사파와 녹림은 살아남는 것이 과거하고는 비교도 할 수 없을 정도로 더 팍팍해졌다.

이들 녹림 무리가 강을 거슬러 올라 현 한복판까지 쳐들어왔다면 사생결단의 각오로 왔다는 뜻이다.

천신국이 천하 각지의 녹림 무리들 숨통을 틀어막으니까 생존을 위해서 이렇게 할 수밖에 없는 것이다.

그런데 무림인 십오륙 명이 점차 뒤로 밀리고 있다. 녹림무사 삼백여 명이 한꺼번에 밀어붙이니까 어쩔 수 없이 밀리고 있는 것이다.

그때 무림인 중에 어떤 여자가 뾰족하게 외쳤다.

"조금만 견뎌라! 본 문 형제들과 천신국 태주 분타에서 도우러 올 것이다!"

이들은 태주현 내에 적을 둔 은월진천문 문하고수들이며 민생을 위하여 매일 조를 짜서 현 내를 돌며 녹림 무리의 침입을 방비해 왔다.

천신국 태주 분타는 인원이 고작 십오 명뿐이기 때문에 녹림 무리가 쳐들어오면 속수무책 당할 수밖에 없다. 그래서 현 내에서 가장 규모가 크고 강한 은월진천문이 민생을 위해서 발 벗고 나선 것이다.

그런데 화운룡은 방금 소리친 여자의 목소리를 듣는 순간 가볍게 흠칫 놀랐다.

'설마……'

그는 멀찍이 둘러싼 구경꾼들을 뚫고 싸움이 벌어지고 있는 포구로 곧장 걸어갔다.

연종초는 여전히 행복한 표정으로 그의 팔에 매달려 있는데, 연본교가 앞으로 나서서 길을 텄다.

은월진천문 고수들은 완전히 포위된 상태에서 고전을 면치 못하고 있었다.

스릉!

연본교는 검을 뽑아 슬쩍슬쩍 휘두르며 가장자리부터 일직선으로 뚫고 들어갔다.

파파아아!

"커흑!"

"끄윽……."

"캐액!"

그녀가 아주 가볍게 검을 휘두르지만 일검에 녹림무사 서너 명이 한꺼번에 피를 뿌리며 픽픽 쓰러졌다.

연본교는 불과 다섯 번 칼질에 녹림무사 삼십여 명을 죽이고 한복판 은월진천문 고수들에게 이르렀다.

그녀는 다시 가볍게 검을 슬쩍 떨쳤다.

파아아앗!

그녀의 검에서 파도 같은 검기가 와르르 쏟아져 나가더니 은월진천문 고수를 둘러싸고 있는 녹림무사 사십여 명의 머리통과 가슴을 꿰뚫었다.

퍼퍼퍼어억!

"큭……."

"커윽……."

세 번 호흡할 짧은 시간에 녹림무사를 무려 칠십여 명이나 죽인 연본교는 태연하게 검을 쥐고 아직 남아 있는 녹림 무리를 향해 천천히 걸어갔다.

녹림 무리는 바닥에 죽어 있는 칠십여 명의 동료들을 보더니 겁먹은 표정으로 주춤주춤 물러났다.

"상대는 한 명이다! 죽여라!"

그때 녹림 무리 뒤쪽에서 우두머리가 악을 썼다.

"물러서는 놈은 내가 죽이… 크억!"

우두머리는 수중의 대감도를 휘두르면서 협박하다가 미간에 구멍이 뚫려 즉사했다.

연본교가 슬쩍 검을 떨치자 하늘로 한줄기 검기가 솟구쳤다가 아래로 방향을 꺾어 우두머리의 미간을 관통한 것이다.

우두머리가 죽자 녹림 무리는 더 기다릴 것도 없다는 듯 포구의 자신들 배를 향해 달리기 시작했다.

그러나 연본교는 그걸 지켜보지 않고 바람처럼 뒤쫓았다.

그리고는 녹림 무리가 배에 도착하기 전에 이백여 명의 급소를 뚫어버렸다.

겨우 살아남은 삼십여 명이 두 척의 배에 올라타서 허둥지둥 노를 저었다.

연본교는 배를 향해 왼손을 쭉 뻗었다.

휴르르룽!

그녀의 왼손에서 한 줄기 시뻘건 화염이 뿜어졌다가 두 줄기로 갈라져서 두 척의 배에 적중됐다.

퍼펑!

"흐아악!"

"크아악!"

그 충격에 십여 명이 하늘로 날아갔다.

화르르륵!

그리고 두 척의 배가 맹렬하게 불타기 시작했다.

포구와 거리에는 수많은 구경꾼들이 모여들었지만 아무도 입을 열지 못하고 고요한 적막이 흘렀다.

단 한 명이, 그것도 젊은 여자가 녹림 무리 삼백여 명을 깡그리 도륙하는 광경을 자신들의 눈으로 직접 목격하고서도 믿지 못했다.

은월진천문 고수들은 멍한 얼굴로 연본교를 쳐다볼 뿐이다.

연본교는 몸을 돌려 이쪽으로 걸어오면서 오른손의 검을 어깨의 검실에 꽂았다.

그러고는 우두커니 서 있는 은월진천문 고수들을 향해 깊숙이 허리를 굽혔다.

은월진천문 고수들은 그녀가 자신들에게 예를 취할 리가 없다는 생각을 하고 부스스 뒤돌아보았다.

*   *   *

그들은 자신들의 바로 뒤에 일남일녀가 나란히 서 있는 것을 발견하고 화들짝 놀랐다.

일념일녀가 세 걸음까지 접근하도록 그들은 전혀 감지하지 못했었다.

하지만 그들로서는 일남일녀가 처음 보는 얼굴이라서 아무 말도 하지 않고 경계를 늦추지 않았다.

은월진천문 문하고수는 열여섯 명이며 여자가 두 명이고 나머지는 전부 남자들이다.

복판에 있는 두 명이 여자라는 것은 그녀들이 입고 있는 옷과 체구, 불룩한 가슴, 잘록한 허리를 봤기 때문이지 얼굴을 보고 여자라고 알아본 것이 아니다.

한눈에도 그녀들은 불에 심하게 탄 끔찍한 모습이다. 머리카락이 없어서인지 머리에는 붉은 천과 푸른 천, 즉 두건을 뒤집어썼다.

그런 몰골인 사람은 두 여자만이 아니다. 십육 명 중에 두 여자를 포함하여 일곱 명이 불에 탄 징그러운 몰골로 당당하게 서 있었다.

화운룡은 십육 명이 누구인지 알아보았다. 그렇다고 한 명, 한 명 일일이 안다는 것이 아니고 그들 다 뭉뚱그려서 어떤 사람들인지 알 것 같다는 뜻이다.

저들 십육 명 중에 불에 탄 끔찍한 몰골을 하고 있는 일곱 명은 필시 이 년여 전 동태하 싸움에 참가했을 것이다. 그 당시 불타는 배에서 천외신계와 치열하게 싸우다가 간신히 목숨을 건진 것이 분명하다.

듣자하니까 이들은 태주현 내의 문파인 은월진천문 문하고 수라고 했는데, 아마도 옛 은월문과 진천방 사람들이 모여서 새로운 문파를 열고 이름을 은월진천문이라고 지은 것이 분명할 터이다.

십육 명은 이리저리 주위를 둘러보고 녹림 무리 삼백여 명이 모조리 죽어 있는 광경을 보고는 크게 놀라서 연본교를 쳐다보았다.

그러나 연본교는 일남일녀 뒤쪽에 시립하듯이 공손히 서 있어서 그녀가 일남일녀의 수하라는 사실을 누구라도 알 수 있을 것 같았다.

그때 십육 명이 나란히 늘어서더니 복판의 두 여자 중에 한 명이 화운룡과 연종초를 향해 입을 열었다.

"도움을 주셔서 감사합니다."

그녀가 말을 하고 포권을 하며 고개를 숙이자 십오 명이 일제히 같은 동작을 취했다.

화운룡은 방금 말을 한 여자의 목소리가 아까 동료들을 독려하면서 외친 목소리와 같음을 알았다.

그는 방금 말을 한 붉은 두건을 쓴 여자를 응시하는데 눈이 촉촉해졌다.

"빈아……."

화운룡이 나직하게 말하자 붉은 두건의 여자는 자신이 잘못 들었을 것이라고 생각하면서도 눈을 깜빡거리면서 그를 바라보았다.

그녀는 눈이 하나뿐이다. 왼쪽 눈 위쪽이 불에 타서 흘러내려 눈을 덮어버렸기에 오른쪽 눈 하나만 깜빡거리면서 화운룡을 바라보았다.

"방금 뭐라고 했습니까?"

화운룡은 천천히 앞으로 두 걸음 나서며 붉은 두건 여자한 걸음 앞에 멈춰서 손을 뻗었다.

"빈아."

"……."

붉은 두건의 여자 조숙빈 얼굴에 어리둥절함이 가득 떠올랐고 하나뿐인 눈을 더욱 깜빡거렸다.

방금 그 목소리가 몹시 귀에 익었고 또 그녀를 '빈아'라고 부를 사람은 세상천지에 몇 명 없기에, 그녀는 상대가 누군지 알아내려고 눈을 깜빡거리며 그를 자세히 살펴보았다.

화운룡은 손으로 그녀의 머리를 쓰다듬으며 빙그레 미소를 짓는데 더없이 슬픈 미소가 돼버렸다.

"나다, 빈아."

"아아……."

한때 화운룡의 정혼녀였던 조숙빈은 마침내 목소리의 주인이 누구인지 알아듣고는 반신반의했다. 목소리는 화운룡인데 얼굴이 다른 모습이기 때문이다.

"저… 정말 당신인가요……?"

그녀의 목소리가 바들바들 떨렸다.

"그래. 나야."

조숙빈은 화운룡에게 달려들어 안기면서 울음을 터뜨렸다.

"으아앙! 오라버니!"

화운룡은 숙빈을 품에 꼭 안고 부드럽게 등을 쓰다듬었다.

숙빈은 그의 품속을 자꾸만 파고들면서 목이 쉬도록 서럽게 울어댔다.

또 한 명의 여자인 감도도는 화운룡의 목소리를 들었지만 그라고 확신하지 못했었다.

그런데 숙빈이 그의 품에 안겨서 몸부림치면서 통곡하는 것을 보고야 그가 누군지 확신했다.

화운룡이 감도도에게 한쪽 팔을 뻗었다.

"도도야, 이리 와라."

"아아……."

숙빈처럼 흉물스럽게 일그러진 모습의 감도도는 눈물을 비오듯이 흘리며 비틀비틀 다가왔다.

"맞아요……? 주군이신가요……?"

"그래."

두 여자는 화운룡의 얼굴이 중년인이라는 것은 그다지 개의치 않았다.

그가 마음만 먹으면 얼굴은 물론이고 체형까지도 마음대로 바꾼다는 사실을 잘 알고 있다.

감도도는 그의 목소리를 듣고서 긴가민가했는데 숙빈이 흐느껴 울면서 안기는 것을 보고는 그가 화운룡이라고 믿게 된 것이다.

"흐아앙!"

감도도는 화운룡에게 안기면서 울음을 터뜨렸다.

화운룡은 양팔로 두 여자를 그러안고 등을 쓰다듬으며 눈물을 글썽였다.

'살아 있어줘서 고맙다.'

화운룡은 숙빈과 감도도 등을 데리고 포구에 있는 해룡상단 소유의 주루로 갔다.

삼 층 건물 주루의 삼 층 루주가 사용하는 커다란 방에 화운룡일행이 우르르 들어갔다.

숙빈과 감도도를 제외한 십사 명은 도대체 화운룡이 누군지 궁금해서 미칠 지경이다.

그녀들이 하는 것으로 봐서는 저 낯선 중년인이 매우 친한 관계인 것만은 분명한데 아무리 생각해 봐도 그럴 만한 사람이 전혀 생각나지 않았다.

숙빈과 감도도는 화운룡 양쪽에서 그의 팔을 붙잡거나 허리를 꼭 안고서 떨어질 줄 몰랐다.

연종초도 이때만큼은 뒤로 물러나서 화운룡은 그녀들에게 양보해 주었다.

화운룡은 숙빈, 감도도와 나란히 서서 앞쪽에 모여 있는 십사 명을 둘러보았다.

그들 중에 불에 덴 모습의 다섯 명은 이 년 전 동태하전투 때 살아남은 사람들일 것이다.

그렇다면 그들은 화운룡과 함께 북경까지 갔다가 돌아오는 반년 동안의 여정을 함께했었다는 얘기다.

그리고 나머지 아홉 명은 비룡은월문 성채 내에 있다가 살아남은 사람들이 분명하다.

그때 무리 중에 일그러진 모습의 한 남자가 조심스럽게 말문을 열었다.

"도도야, 그분은 누구시냐?"

그렇게 말한 남자 역시 감도도나 숙빈보다 더했으면 더했지 못하지 않은 흉물이다.

화운룡은 그의 목소리를 듣고 그가 감도도의 오빠인 감중기라는 사실을 즉시 알아차렸다.

"중기, 나다. 화운룡."

그렇게 말하면서 화운룡은 본모습을 되찾았다.

스스으으…….

중년인 얼굴에서 순식간에 본래의 절세미남 모습을 되찾자 모두들 눈을 한껏 부릅뜨고 짐승 울음소리를 냈다.

"어흐흐… 주군……!"

"으흐흑… 정말 주군이시군요…….."

그들은 소나기가 쏟아지듯이 눈물을 펑펑 흘리면서 그 자리에 우르르 무릎을 꿇었다.

좌우에 서 있는 숙빈과 감도도는 앞쪽으로 나와서 헌양한 화운룡을 보고는 새삼스러운 기쁨과 서러움이 복받쳐 올라 다시 왈칵 울음을 터뜨렸다.

화운룡은 두 팔을 활짝 벌렸다.

"일어나라. 모두 이리 와라. 어디 안아보자."

모두들 숨이 끊어질 것처럼 끅끅거리며 울어대면서 화운룡에게 다가왔다.

화운룡이 아무리 팔이 길어도 십육 명을 모두 안을 수는 없다. 하지만 그는 오랜 시간을 들여서 한 사람, 한 사람 정성스레 꼭 안으면서 이 기적 같은 재회를 만끽했다.

십육 명 모두가 화운룡을 둘러싸고 그를 안은 채 숨죽여서 울음을 터뜨렸다.

화운룡은 숨이 끊어질 것 같은 울음소리를 듣고 그들이 지난 이 년여 동안 어떻게 살아왔을지 막연하게나마 짐작할 수 있을 것 같아서 가슴이 먹먹해졌다.

화운룡은 연종초와 함께 태주현 내에 있는 은월진천문으로 향했다.

화운룡을 안내하는 숙빈과 감도도, 감중기 등은 천하를 다 얻은 것처럼 기세가 등등했다.

화운룡은 다시 중년인 모습으로 변신하여 은월진천문에 도착했다.

은월진천문은 예전 형산은월문 자리에 있었다. 예전에 형산은월문이 해남비룡문에 합병되어 비룡은월문이 되면서 이곳은 계속 비워둔 상태였다.

화운룡 등이 도착했을 때 은월진천문은 텅 비어 있었다. 포구에서 벌어지는 녹림 무리와의 싸움을 도우려고 전체 문하고수들이 포구로 출동했다는 것이다.

숙빈과 감도도는 여기까지 오는 동안 양쪽에서 화운룡의 손을 꼭 잡고 한 번도 놓지 않았다.

화운룡은 자신의 손을 잡고 있는 숙빈의 오른손이 뭉그러진 것을 그녀의 손을 잡은 손의 감촉만으로 알게 되었다.

눈으로 보지 않아서 분명하지는 않지만 손가락들이 엉겨붙은 것이 분명하다.

감도도의 손도 온전하지 않은 것 같은데 그녀가 왼팔을 높이 쳐들고 있는 것을 힐끗 보니까 왼팔이 구부러진 채 퍼지지 않는 것 같았다.

이들은 태주현 출신들이라서 살아남은 사람들끼리 모여서 은월진천문을 개파했을 것이다.

마당을 가로지르면서 화운룡이 물었다.

"모두 몇 명이냐?"

앞서 걷는 감중기가 뒤돌아보며 공손히 대답했다.

"칠십팔 명입니다."

머리카락이 다 빠지고 콧구멍이 뻥 뚫렸으며 입술 없이 이만 듬성듬성 드러난 감중기를 보고 화운룡은 가슴이 미어지는 것 같았다.

"중기야."

화운룡의 나직한 부름에 감중기는 그가 무슨 하명이라도

할 줄 알고 급히 다가왔다.

"하명하십시오."

화운룡은 감중기의 어깨에 손을 얹었다.

"용케 살아났구나."

"……"

"미안하다. 내가 못나서 너희들을 고생시켰다."

감중기는 화들짝 놀라서 급히 땅바닥에 무릎을 꿇고 머리를 조아렸다.

"아닙니다! 속하들은 단 한 번도 주군을 원망했던 적이 없었습니다!"

감중기는 고개를 들고 화운룡을 우러러보며 굵은 눈물을 흘리면서 부르짖듯이 외쳤다.

"태주현 시골 구석의 속하들이 대영웅이신 주군을 모시고 무림의 평화와 정의를 위해서 원 없이 싸워보았으니 만약 주군을 모시지 못했더라면 그런 호사를 어찌 누렸겠습니까?"

"그런가?"

"비룡은월문은 천하가 인정하고 부러워하는 천하제일문파였습니다! 속하들은 그곳의 일원으로 살아왔던 삼 년 세월이 너무도 자랑스럽습니다! 주군께서 속하들을 이끌어주지 않으셨다면 속하들은 그저 한낱 시골의 덧없는 무사 나부랭이였을 것입니다……!"

화운룡은 가슴이 미어져서 퍼석퍼석 소리를 내며 쏟아져 내리는 것 같았다.

"너희들……."

"속하들이 태주현에 은월진천문을 개파한 것은 주군의 뜻을 받들어서 고향을 지키기 위해서였습니다! 그런데 이렇게 주군을 다시 뵈오니 이런 꼴을 해가지고서도 살아 있기를 정말 잘했다는 생각이 듭니다……!"

무릎을 꿇은 열네 명 모두 굵은 눈물을 뚝뚝 흘리면서 소리 죽여서 흐느꼈다.

그리고 숙빈과 감도도는 화운룡 양옆에서 그의 옷자락을 붙잡고 소리 없이 울기만 했다.

부족한 주군을 원망해도 아무 할 말이 없을 텐데 이렇게 된 것이 다 주군 덕분이라고 말해주다니…….

참으려고 했는데 화운룡의 두 눈에서 어느새 굵은 눈물이 뚝뚝 떨어졌다.

화운룡은 꽉 잠긴 목소리로 겨우 입을 열었다.

"그만 일어나라. 나는 너희들에게 면목이 없다……."

감중기는 더욱 눈물을 쏟으면서 울부짖었다.

"아닙니다! 주군께선 아무 잘못 없으십니다! 속하들은 주군께서 어떻게 하셨는지 너무도 잘 알고 있습니다! 제발 그러지 마십시오!"

연종초는 두 눈에 눈물이 가득 고여서 그 광경을 보며 입가에 부드러운 미소를 머금었다.

'참으로 아름다운 모습이지 않은가……'

그녀는 눈물을 뚝뚝 흘리고 있는 화운룡의 옆모습을 바라보면서 눈이 부신 듯 눈을 반개했다.

'저 아름다운 사내가 내 남편이야… 나 종초의 남편……'

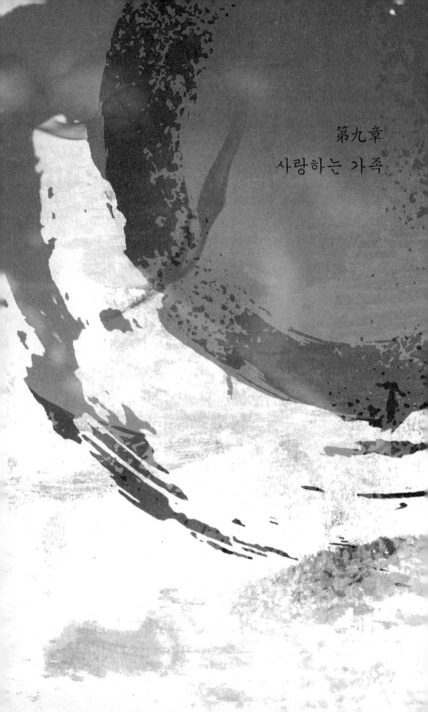

第九章

사랑하는 가족

대전에서 감중기가 공손히 말했다.

"속하가 이곳의 총당주를 맡고 있습니다."

화운룡은 감중기가 권하는 자리에도 앉지 않고 선 채 감중기와 숙빈, 감도도 등에게 말했다.

"너희들을 치료해야겠다."

감중기는 공손히 사양했다.

"속하들은 괜찮습니다."

"괜찮다는 것은 무슨 뜻이냐?"

"속하들은 지난 이 년여 동안 꾸준히 치료를 해왔으며 지금은 완치된 상태입니다."

"이게……."

"불에 탄 상처는 여기까지가 최선입니다. 의원들 말로는 더
이상 좋아지지 않는다고 합니다."

이들은 화운룡에게 명천신기라는 천상의 기술이 있다는 사
실을 모르고 있다.

"그보다는 장인어른을 좀 봐주십시오."

"장인?"

감중기는 한쪽에 서 있는 숙빈을 쳐다보았다.

"저희 두 사람은 혼인했습니다."

"그래?"

화운룡은 크게 기뻐했다.

"축하한다, 두 사람."

화운룡보다 한 살 어린 숙빈은 네 살 때 그와 정혼했었으나
미래에서도, 그리고 과거로 돌아온 현재에도 그는 한순간도
숙빈과 혼인하고픈 마음이 들지 않았었다.

숙빈은 과거로 돌아온 화운룡이 훌륭한 사람이라는 사실
을 깨닫고 그와의 정혼을 유지하고 끝내는 혼인을 하려고 간
절히 원했었지만 뜻대로 되지 않았다.

또한 감중기는 오래전부터 숙빈을 짝사랑하여 정혼자인 화
운룡에게 싸움까지 걸었던 과거가 있다.

"장인어른이라면… 숙부께서 살아 계신다는 말인가?"

"그렇습니다."

화운룡의 부친 화명승의 의제가 조무철이며 숙빈의 부친이다. 그러므로 화운룡에겐 숙부인 셈이다.

비룡은월문 시절에 조무철은 화운룡에게 무공을 배우고 생사현관이 타통되어 일류고수 수준에 이르렀으며 해룡검대주의 지위에 올랐다.

화운룡이 정예고수들을 이끌고 북경으로 향할 때 조무철의 해룡검대는 비룡은월문과 백암도 곳곳에 설치한 명계를 지키라고 지시했었다. 그런데 조무철이 죽지 않고 아직 살아 있다는 것이다.

화운룡은 서두르며 허둥거렸다.

조무철을 본 화운룡은 억장이 무너지는 충격과 슬픔을 느껴야만 했다.

감중기의 말대로 조무철은 살아 있었다. 그러나 그것은 말이 살아 있는 것이지 죽은 지 오래된 시체나 다름이 없는 처참한 몰골이었다.

조무철의 모습은 수백 년 동안 땅속에 묻혀 있던 목내이(木乃伊: 미이라)하고 다를 바가 없었다.

너무도 깡말라서 뼈에 가죽만 입혀놓은 모습이다. 만약 누군가의 설명 없이 화운룡이 봤다면 조무철이라는 사실을 절대로 몰랐을 것이다.

숙빈이 부친을 보더니 왈칵 울음을 터뜨렸다.

"으흐흑! 아버지……!"

그녀는 침상에 누워 있는 조무철 머리맡에 앉아서 조심스럽게 그를 흔들었다.

"아버지……! 누가 왔나 보세요… 용 오라버니예요……."

그런데 믿을 수 없게도 조무철이 천천히 힘겹게 눈을 뜨는 것이 아닌가.

절반만 눈을 뜬 조무철의 동공은 이미 죽은 생선의 그것처럼 흐리멍덩했다.

숙빈이 흐느껴 울면서 조무철의 머리를 화운룡 쪽으로 조금 틀어주었다.

"아버지… 보세요. 용 오라버니예요……! 으흐흑!"

그런데 화운룡을 바라보던 조무철의 흐리멍덩한 눈이 흐릿하게 빛났다.

그러고는 도저히 입술이라고 여길 수 없을 만큼 메마르고 까칠한 그의 입술이 미미하게 달싹거렸다.

"으으… 주… 군……."

"숙부님!"

화운룡은 격동에 차서 부르짖으며 그를 안았다.

"주… 군… 진정… 주군… 이십… 니까……."

"그렇습니다. 운룡입니다, 숙부님……."

지난 이 년여 동안 손가락 하나 움직이지 못한 조무철의 두 눈에서 눈물이 방울방울 흘러내렸다.

"으으으… 주군… 주군……."

감중기가 굵은 눈물을 흘리며 설명했다.

"아버님께선 주군을 뵙기 전에는 절대로 죽을 수 없다면서 지금까지 버티셨습니다……."

"숙부님……."

화운룡은 너무도 고맙고 안타까워서 가슴에 불을 지른 것처럼 뜨거웠다.

그는 조무철의 앙상한 손을 그러잡고서 뜨거운 눈물을 뚝뚝 흘렸다.

얼마 전까지의 그는 눈물이라고는 모르는 강철 심장의 사나이였었다.

그렇지만 근래 그에게 일어나고 있는 몇몇 사건들은 그를 감동, 감격시키기에 부족하지 않아서 그의 잠들어 있던 감성을 일깨웠다.

"제가 숙부님을 고쳐 드리겠습니다."

조무철은 숙빈이나 감중기하고는 달리 강력한 강기에 중상을 입은 몸이라서 신체를 보존할 수 있었다. 강기는 그의 내장을 으스러뜨렸다.

숙빈과 감중기, 감도도는 자신들이 불에 덴 흉터라서 화운룡이 손을 써도 아무런 소용이 없겠지만 조무철은 내상을 입었기 때문에 화운룡 같은 내가고수가 도움이 될 것이라고 짐작한 것이다.

화운룡은 조무철의 손을 잡은 상태에서 눈을 감고 명천신기를 끌어올렸다.

조무철은 내상을 치료하면 되기 때문에 옷을 벗기거나 온몸을 주무르지 않아도 된다.

화운룡 정도의 초극고수라면 조무철을 치료하기 위해서 굳이 눈을 감을 필요가 없지만 정성과 최선을 다하기 위해서 눈을 감고 명천신기를 그의 두 손을 통해서 주입했다.

"으으으……."

자신의 체내에서 벌어지는 이상한 현상 때문에 조무철은 나직한 신음 소리를 내면서 눈을 크게 떴다.

"아… 아버지……."

"장인어른……!"

숙빈과 감중기는 크게 놀랐지만 화운룡이 조무철을 치료하기 때문일 것이라고 짐작했다.

"흐어억……!"

조무철의 몸이 활처럼 뻣뻣해지면서 눈을 한껏 부릅뜨고

입을 크게 벌렸다.

그리고 기적 같은 일이 일어났다.

투투툭… 투두… 투두둑…….

조무철의 온몸에서 무슨 소리가 나면서 마치 탈피를 하듯
이 살갗이 툭툭 떨어졌다.

얼굴 피부는 물론이고 머리카락까지도 다 빠져 버리는가
싶더니 어느덧 뽀얀 새살이 돋아나고 새카만 머리카락이 쑥
쑥 자라났다.

"아아……."

지켜보고 있는 숙빈과 감중기, 감도도는 기적 같은 광경에
경탄을 금하지 못했다.

그들은 지금 이 순간 조무철이 치료되고 있다는 사실을 믿
어 의심하지 않았다.

연종초도 화운룡이 누군가를 치료하는 광경을 처음 보는
터라서 감탄을 금치 못하면서 지켜보았다.

더욱 경악할 일은 바로 그때 일어났다.

쓰우우… 쓰쓰으으…….

피골상접했던 조무철이 몇 달 동안 잘 먹고 잘 지낸 사람
같은 모습으로 변하고 있었다.

얼굴에서 윤기가 자르르 흐르는 희고 뽀얀 모습이 되고 있
는 것이다.

"으어어… 허으으……."

조무철은 눈을 부릅뜨고 계속 괴이한 소리를 터뜨렸다.

누가 보더라도 조무철의 지금 모습은 회생하고 있는 것이 분명했다.

이윽고 치료를 끝낸 화운룡은 조무철의 두 손을 놓았다.

조무철은 길게 숨을 토해내며 축 늘어졌다.

"하아아……."

화운룡은 조금도 지치지 않은 얼굴로 조무철에게 물었다.

"숙부님, 좀 어떠십니까?"

그러자 놀랍게도 조무철이 부스스 상체를 일으키더니 침상에 꼿꼿한 자세로 앉았다.

"아버지!"

"오오… 장인어른……!"

숙빈과 감중기는 기절할 것처럼 기뻐했다.

조무철은 비단 상체를 일으켰을 뿐만 아니라 침상에서 내려오더니 화운룡을 향해 바닥에 부복했다.

"속하 해룡검대주 조무철이 주군을 뵈옵니다……!"

그의 목소리는 감격으로 인해서 격렬하게 떨렸다.

중인은 조무철이 무릎을 꿇고 절을 올리는 광경을 꿈인 양 망연자실 바라보았다.

화운룡은 몸소 무릎을 꿇고 조무철의 두 손을 잡아 천천히 일으켰다.

"일어나십시오, 숙부님."

조무철은 꿈을 꾸는 듯한 표정으로 화운룡을 보면서 비 오듯이 눈물을 펑펑 쏟았다.

"주군… 이게 꿈입니까… 살아생전에 주군을 뵙다니요……."

"저도 숙부님을 다시 만나니 꿈만 같습니다."

조무철은 일어나서 마주 선 화운룡을 보며 격앙된 얼굴로 말했다.

"주군, 속하가 한번 안아봐도 되겠습니까?"

"하하하! 제가 드리고 싶은 말입니다."

두 사람은 힘주어서 와락 포옹하고는 오랫동안 서로를 놓아주지 않았다.

두 사람이 포옹을 풀자 숙빈과 감중기, 감도도가 믿어지지 않는다는 듯 자신들의 의문을 쏟아냈다.

"아버지, 괜찮으신 거예요?"

"장인어른, 움직여도 괜찮습니까?"

"아저씨, 저희가 누군지 아시겠어요?"

화운룡은 잔뜩 눈살을 찌푸렸다.

그의 앞 침상에는 숙빈이 나신으로 반듯하게 누워 있다.

그런데 그녀의 몸 전체가 눈 뜨고는 볼 수 없을 정도로 처참하게 짓이겨져 있어서 화운룡의 마음을 아프게 만들었다.

"빈아……"

거센 불에 타고 녹아서 젖가슴이고 은밀한 부위 같은 것이 짓뭉개진 몰골인데도 숙빈은 벌거벗은 몸을 화운룡에게 보인다는 사실에 몹시 부끄러워했다.

"오라버니."

숙빈이 화운룡을 똑바로 바라보지 못하면서 그를 불렀다.

"그래, 빈아."

"나 아들 있어요."

"응?"

숙빈의 뜻밖의 말에 화운룡은 움찔 놀랐다.

"두 살인데 아이는 아무렇지도 않아요. 아주 예뻐요."

같은 동태하 전투에서 구사일생 목숨을 건진 숙빈과 감중기는 서로를 위로하는 마음으로 혼인을 하고 은월진천문을 세웠으며 그리고 아기까지 낳았다.

화운룡은 가슴이 따스해져서 맑은 물이 졸졸 흐르는 것 같은 느낌이 들었다.

"아이 이름이 뭐지?"

"운룡."

"응?"

"오라버니 이름을 따서 운룡이라고 지었어요. 그이가 가장 존경하는 사람이 오라버니라고 해서… 그래서 아들 이름은 감운룡이에요."

"너희들……."

화운룡은 이제 별것 아닌 것 같은 일에도 금세 가슴이 뭉클하고 눈가가 촉촉해졌다.

"그리고……."

숙빈이 다시 말했다. 그녀의 목소리가 쓸쓸해졌다.

"오라버니 마음은 알겠는데… 애쓰지 마세요. 저 이런 몸 이젠 익숙해져서 괜찮으니까 걱정하지 마세요."

'익숙해졌다'는 그 말이 더욱 화운룡의 가슴을 쿡쿡 찌르면서 괴롭혔다.

"빈아."

"네."

"내가 누구냐?"

숙빈은 흉측한 몰골하고는 달리 투명하고 깨끗한 눈빛으로 화운룡을 바라보았다.

"내가 사랑했던 남자 화운룡, 나의 절대자, 그리고 우리 모두의 희망."

그녀의 말에 화운룡은 또다시 울컥했다.

예전에는 몰랐었는데 그 자신이 죽다가 살아났거나, 사랑하는 사람들을 잃어버린 쓰라린 경험을 겪은 후에는 그 모든 것들이 너무도 소중하고 또 기꺼웠다.

화운룡은 애써 미소를 지었다.

"그래. 그러니까 내가 널 깨끗하게 고쳐주마. 예전의 태주에서 가장 아름다웠던 빈아의 모습으로."

숙빈은 눈을 동그랗게 떴다.

"그… 게 가능해요?"

예전에는 그녀가 눈을 커다랗게 뜨면 그 속으로 풍덩 뛰어들고 싶었는데 지금은 찌그러진 눈 주변의 살갗 때문에 몹시 징그럽게 보였다.

"그래. 반시진이면 내가 널 사랑스러운 여자로 탈바꿈시켜 줄 수 있을 게다."

숙빈의 두 손이 저절로 찌그러진 가슴에 모아졌다.

"아아… 정말 그럴 수만 있다면……."

                *   *   *

"됐다."

반시진 후에 화운룡은 명천신기를 거두면서 숙빈의 몸에서 두 손을 뗐다.

그가 추궁과혈수법으로 숙빈의 온몸을 주무르고 쓰다듬으

면서 명천신기를 주입하는 동안 그녀는 한사코 눈을 꼭 감은 채 뜨지 않았다.

눈을 뜨고 자신의 몸을 보는 것이 두려웠다. 사랑스러운 여자로 만들어주겠다는 화운룡의 말을 믿으려고 애쓰지만 그게 쉽지가 않았다.

"빈아, 이제 눈 떠도 된다."

화운룡이 말했으나 숙빈은 눈을 뜨지 않았다.

누워 있는 그녀의 몸은 눈부시게 희고 고왔다. 화상을 입은 흉측한 흉터는 깡그리 사라지고 지금은 잡티 한 점 찾아볼 수가 없는 몸이 되었다.

이십이 세의 늘씬하고 풍염한 몸매가 침상에 누워서 빛을 뿜어내고 있는 것 같았다.

"눈 뜨고 네 몸을 봐야지."

화운룡이 다시 말하자 숙빈은 그제야 용기를 내서 조심스럽게 눈을 떴다.

그렇지만 누워 있기 때문에 천장만 보여서 천천히 상체를 일으켜 앉았다.

그리고 자신의 몸을 굽어보는 순간 그녀의 눈이 화등잔처럼 커지면서 탄성이 터졌다.

"아아……!"

그녀는 이끌리듯이 침상에서 바닥으로 내려서더니 제자

리에서 빙글빙글 돌면서 자신의 몸을 이리저리 살펴보았다.

"맙소사… 정말로 고쳤군요……!"

화운룡은 빙그레 미소 지었다.

"나는 거짓말하지 않는다."

"아아… 제 몸이 이렇게 아름다웠나요……?"

"오냐. 네 몸은 예전에도 아름다웠다."

화운룡이 삼 년여 전에 숙빈의 생사현관을 타통해 주었으므로 그때 나신을 보고 만진 적이 있었다. 그러므로 숙빈은 그의 앞에서 나신이 되는 것이나 만져지는 것이 그닥 부끄럽지 않았다.

"아아… 믿어지지 않아요… 꿈만 같아요……."

숙빈은 두 팔을 들고 자신의 몸 앞뒤를 살피면서 연신 감격의 탄성을 터뜨렸다.

그러다가 침상에 걸터앉아 자신을 보면서 빙그레 미소 짓고 있는 화운룡을 물끄러미 바라보더니 갑자기 와앙! 울음을 터뜨리며 그에게 안겼다.

"고마워요! 오라버니!"

그녀는 두 팔로 화운룡의 목을 감고 흐느껴 울었다.

"으흐흐흑……! 사랑해요… 오라버니……!"

"인석아. 네 남편 중기를 사랑해야지 어째서 날 사랑한다는 것이냐?"

"저는 처음부터 오라버니를 사랑했었고 지금도 여전히 사랑하고 있어요… 다만 오라버니가 돌아가셨다고 믿었기 때문에 그 사람하고 혼인했지만… 아직도 오라버니를 사랑하는 마음은 변함이 없어요……!"

화운룡은 부드러운 숙빈의 등을 쓰다듬었다.

화운룡은 감중기와 감도도에 이어서 화상을 입은 나머지 네 명 모두를 치료해 주었다.

그들은 화상을 입었을 때 화마에 의해서 내상을 입은 탓에 공력이 감퇴했었으나 화운룡이 치료해 주고 나서 공력이 예전으로 회복되었다.

방에 화운룡과 연종초, 조무철, 숙빈, 감도도, 감중기가 탁자에 둘러앉아 있다.

숙빈과 조무철 등은 화운룡이 동태하 전투 이후부터 지금까지 어떻게 지냈는지 무척이나 궁금했다.

화운룡은 동태하 전투에서 자신이 천여황에게 당하고 나서 어떻게 살아났으며 지금껏 어떤 일들이 있었는지 간략하지만 비교적 상세하게 설명해 주었다.

연종초는 이런 얘기를 처음 듣는 터라서 잔뜩 귀를 기울이고 집중해서 들었다.

그중에서도 화운룡이 연종초에게 일장을 맞고 강물에 빠져서 깊은 산속으로 흘러가 구사일생으로 목숨을 건졌다는 대목에서는 가슴이 찢어지는 것처럼 아팠다.

만약 그 당시에 화운룡이 죽었다면 연종초는 죽을 때까지 괴로움에 몸부림쳤을 것이며 죽어서도 원혼이 저승에 가지 못하고 구천을 헤매게 될 것이다.

설명을 모두 듣고 난 숙빈과 조무철 등은 환한 표정을 지으며 자기 일처럼 기뻐했다.

조무철은 일어나서 포권을 해보였다.

"주모께서 무사하시다니 무엇보다도 다행입니다."

감도도가 눈을 세모꼴로 뜨고 싸늘하게 말했다.

"천여황 때문에 하마터면 주인님께서 돌아가실 뻔했잖아요. 제가 언젠가 천여황을 만나게 되면 가장 처참한 방법으로 갈가리 찢어 죽이고 말겠어요……!"

화운룡은 설명을 하면서 연종초에 대한 내용은 뺐다. 구태여 할 필요가 없었기 때문이다.

숙빈도 날 선 표정으로 거들었다.

"오라버니를 그 지경으로 만들다니… 천여황은 정말이지 용서할 수 없는 마녀로군요."

화운룡이 연종초를 쳐다보자 그녀는 씁쓸한 표정으로 약간 고개를 숙였다.

"그 점에 대해서는 서방님께 진심으로 사죄드려요."

중인은 어째서 연종초가 그런 말을 하는지 의아한 표정을 지으며 쳐다보았다.

그렇지 않아도 천하에 짝을 찾기 어려울 정도로 절세적인 미모를 지닌 그녀가 대체 누구인지 다들 궁금하게 여기고 있던 터였다.

예전부터 당돌한 성격인 감도도가 연종초를 한 번 보고는 화운룡에게 물었다.

"주인님, 이분은 누구신가요?"

감도도는 예전에 한동안 화운룡을 주인으로 모셨었는데 그 호칭이 입에 밴 모양이다.

화운룡이 연종초를 소개했다.

"내 부인이야."

"에엣?"

"부인이시라니… 그럼 봉 주모님은……."

숙빈 등이 깜짝 놀라자 화운룡이 머쓱하게 대답했다.

"봉애는 대부인이야."

중인은 눈을 휘둥그렇게 떴다.

"그럼 이분께선……."

"삼부인이지."

"그, 그럼 이부인도 계시다는 건가요?"

"어… 그, 그런 셈이지. 허허헛!"

숙빈이 어이없는 표정을 지었다.

"부인이 세 분이라니… 오라버니 순 날강도 같아요."

그녀는 연종초를 보며 감탄했다.

"더구나 봉 주모님만큼 절세적인 미인을 삼주모님으로 맞이하시다니……."

감도도가 톡 튀어들었다.

"삼주모님은 어떤 분이시죠?"

화운룡은 빙그레 의미심장한 미소를 지었다.

"마녀야."

"그게 무슨……."

자신의 아내를 마녀라고 소개하다니 다들 어이없는 표정으로 화운룡과 연종초를 번갈아 쳐다보았다.

연종초는 어째서 화운룡이 그렇게 말했는지 알기에 쓸쓸한 미소를 지으며 고개를 숙였다.

화운룡이 덧붙였다.

"그리고 도도가 만나기만 하면 갈가리 찢어죽이고 싶은 철천지원수이기도 하지."

감도도가 화들짝 놀라서 궁둥이를 들썩거렸다.

"주인님! 제가 언제 그런 말을 했다는 거죠?"

화운룡은 빙그레 웃으며 숙빈과 감도도를 번갈아 가리

켰다.

"빈아는 조금 전에 천여황을 마녀라 불렀고 도도 넌 천여황을 만나면 갈가리 찢어죽이겠다고 했었지?"

"그랬었죠."

"그랬어요."

화운룡은 턱으로 연종초를 가리켰다.

"내 삼부인이 바로 그 천여황이야."

숙빈과 감도도는 눈을 흘겼다.

"못 써요. 그렇게 심한 말씀을 하시다니……."

"주인님! 너무하세요!"

"허어… 진짜라니까?"

"……."

화운룡이 재차 강조하자 다들 반신반의하는 표정으로 연종초를 바라보았다.

연종초는 살짝 고개를 숙이며 자기소개를 했다.

"나는 천신국 여황이에요. 중원에서는 날 천여황이라고 부른다는군요."

"아……."

다들 멍한 표정으로 연종초를 쳐다보며 한동안 아무도 입을 열지 못했다.

연종초는 엷은 미소를 지으며 숙빈과 감도도에게 말했다.

"나는 마녀가 아니에요. 그리고 나는 서방님과 오래오래 같이 살고 싶으니까 제발 갈가리 찢어죽이지는 마세요."

숙빈과 감도도는 두 손을 미친 듯이 내저었다.

"아, 아닙니다! 제가 실언했습니다! 용서하세요!"

"가, 갈가리 찢어죽이다니… 제가 죽을 때가 돼서 미쳤나 봅니다. 부디 용서하세요……!"

조무철과 감중기가 동시에 벌떡 일어나서 화운룡에게 정중히 포권을 했다.

"주군! 감축드립니다!"

감도도는 입술을 삐죽거렸다.

"주인님께선 정말 하다하다 이제는 천여황까지 부인으로 얻으시다니… 말문이 막히는군요."

화운룡이 조무철에게 권했다.

"숙부님, 아까 말씀드렸듯이 옛 비룡은월문에 와룡봉추도를 개파했으니까 은월진천문 칠십팔 명은 그곳으로 합치는 것이 어떻겠습니까?"

다들 고개를 끄떡이며 당연하다는 표정인데 조무철만 강경한 표정으로 선을 그었다.

"안 됩니다."

화운룡은 의아한 표정으로 물었다.

"왜 그러십니까?"

"속하를 숙부라고 호칭하는 주군 휘하에는 들어갈 수가 없습니다."

화운룡은 어? 하는 표정을 지었다가 곧 빙그레 미소 지으며 고개를 끄떡였다.

"그렇다면 사석에서만 숙부로 모시겠습니다. 그것까지 마다하시면 저로서도 어쩔 수 없습니다."

화운룡이 왜 그러는지 아는 조무철은 가슴 속에 깊은 떨림을 느끼며 포권했다.

"알겠습니다. 그리고 부탁이 하나 있습니다."

"말씀하십시오."

"와룡봉추도 내에 해룡검대를 신설하고 속하들을 그곳에 배치시켜 주십시오."

"그러겠습니다."

화운룡은 선선히 수락하고 말을 이었다.

"대외적으로는 태주현 내에 있던 은월진천문이 예전 비룡은월문 터전으로 이주하여 와룡봉추도로 재개파하는 것으로 하겠습니다."

"알겠습니다."

다들 새로운 희망에 눈이 반짝반짝 빛났다.

"그리고 바깥에서는 와룡봉추도에 해룡검대 칠십팔 명만

거주하는 것으로 알려져야 합니다."

"명심하겠습니다."

화운룡과 조무철이 대화하고 있는 중에도 숙빈과 감도도, 감중기의 시선은 줄곧 연종초에게 고정되어 있었다.

시선이 너무 따가운 나머지 연종초가 살짝 미소 지으며 불편함을 드러냈다.

"그대들은 아직도 날 갈가리 찢어죽이고 싶은가요?"

세 사람은 크게 당황해서 손을 마구 저었다.

"아, 아닙니다. 너무 아름다워서 저도 모르게 그만……."

"죄송해요……! 삼주모님처럼 아름다우신 분을 너무 오랜만에 뵈는 터라서……."

그런 줄도 모르고 불평했던 연종초는 살짝 얼굴을 붉혔다.

화운룡이 옆에 앉은 연종초의 엉덩이를 툭툭 두드리며 헤벌쭉 웃었다.

"허허헛! 우리 마누라가 좀 예쁘긴 하지."

"서방님……."

연종초는 그의 어깨에 이마를 붙이고는 주먹으로 가슴을 콩콩 두드렸다.

연종초는 행복해서 죽을 것만 같았다.

천신국 태주 분타에 새로운 문파의 개파를 신고하러 갔던 연본교가 은월진천문으로 왔다.

화운룡은 연종초와 나란히 대전을 나서고 그 뒤를 조무철과 숙빈. 감도도. 감중기 등이 따랐다.

화운룡이 뒤돌아보며 조무철에게 말했다.

"해룡상단의 배를 보낼 테니까 모두들 그걸 타고 오도록 하십시오."

"그러겠습니다."

감도도가 눈을 크게 뜨며 화운룡에게 물었다.

"주인님, 해룡상단이 아직 건재한가요?"

화운룡은 빙그레 미소 지으며 고개를 끄떡였다.

"해룡상단과 대륙상단이 합쳐졌단다."

"아아! 천하제일상단인 대륙상단하고 말인가요?"

"그래."

감도도의 얼굴이 환하게 밝아졌다.

"그렇다면 이제 더 이상 궁핍한 생활 같은 것은 하지 않아도 되겠군요?"

화운룡이 여전히 자그마한 체구인 감도도의 머리를 쓰다듬으며 물었다.

"그럼 여태까지는 궁핍했었느냐?"

감도도는 몸서리를 쳤다.

"아유……! 말도 마세요. 얼마나 가난했으면 밥 먹는 날보다 굶는 날이 더 많았다니까요?"

"그래서 네 키가 자라지 않은 것이냐?"

"앗! 그걸 어떻게 아셨습니까?"

그녀의 말에 다들 손뼉을 치며 웃음을 터뜨렸다.

*　　　*　　　*

와룡봉추도에 조무철이 이끄는 은월진천문 사람들이 모두 들어왔다.

그들 중에는 지난 이 년여 동안 태주현에서 살면서 가정을 이룬 사람이 더러 있어서 가족들까지 데리고 들어왔는데 어린아이들까지 합쳐서 모두 백이십여 명이다.

와룡봉추도 거대한 성채는 수만 명이 거주해도 모자라지 않게 지어졌으므로 은월진천문 사람들은 용황락에서 멀지 않은 전각군에 거주하도록 했다.

푸드득!

어스름 땅거미가 지고 있을 때 용황락의 인공 호수 옆 너른 마당으로 가루라와 대묘붕이 힘차게 날개를 퍼덕이면서 천천히 날아내렸다.

전설의 영조인 가루라와 대묘붕이 땅에 안착하자 제일 먼저 야말과 굴락, 주대영, 주화결이 뛰어내렸다.

야말과 굴락은 각각 가루라와 대묘붕을 몰았고 주대영과 주화결은 가족들을 데리러 직접 간 것이다.

화운룡과 옥봉 등은 가족을 맞이하러 마당에 나와 있었다.

가족들 중에 누가 무사하게 돌아오는지 모르기 때문에 화운룡과 옥봉은 잔뜩 긴장한 표정으로 가루라와 대묘붕에서 내리는 사람들을 주목했다.

화운룡과 옥봉의 시선은 제일 먼저 내린 주대영과 주화결에게 집중되었다.

그들이 가루라에서 안고 뛰어내린 사람이 낯익은 얼굴이었기 때문이다.

옥봉이 비명을 지르면서 주대영과 주화결에게 달려갔다.

"어머니! 아버지!"

화운룡도 옥봉을 뒤따르면서 자세히 살펴보니까 주대영에게 안겨 있는 사람은 주천곤이고 주화결에게 안긴 사람은 사유란인 것 같았다.

두 사람 다 머리가 봉두난발이고 몹시 깡마른데 다 초췌해서 예전 모습을 거의 지니고 있지 않아 알아보는 것이 쉽지가 않았다.

동해의 절해고도인 흑사도라는 섬에서 일 년 반 넘게 짐승처럼 살면서 갖은 고생을 다 했으므로 제 모습을 잃어버린 것이 당연했다.

주대영과 주화결이 조심스럽게 땅에 내려주자 주천곤과 사유란은 가까이 다가온 화운룡과 옥봉을 발견하고는 왈칵 눈물을 쏟았다.

"봉아……! 네가 정녕 봉아냐?"

"봉아! 용청!"

옥봉은 주천곤을, 화운룡은 사유란을 깊이 안아주었다.

화운룡에겐 주천곤과 사유란 둘 다 매우 각별한 사이였다.

특히 화운룡의 무공이 형편없던 시절에 사유란하고 생사의 탈출을 같이했던 일은 두 사람 다 죽어서도 절대로 잊지 못할 것이다.

그 당시에 화운룡과 사유란은 여러 번이나 죽을 고비를 넘기면서 급속도로 친해졌었다.

"으흐흑… 정말 용청이야? 용청… 용청……."

뼈만 남은 사유란은 화운룡에게 안겨서 몸부림을 치면서 울다가 혼절해 버렸다.

"어머님!"

화운룡이 사유란을 안은 상태에서 부드러운 진기를 천천히 주입하자 잠시 후에 깨어났다.

"아아……."

사유란은 움푹 꺼진 두 눈을 깜빡거리면서 방금 전에 있었던 일이 꿈인지 현실인지 분간이 되지 않는 혼란스러운 표정을 지었다.

"어머님, 괜찮으십니까?"

"아악! 용청! 꿈이 아니었어!"

화운룡이 조용히 부르자 사유란은 비명을 지르면서 그에게 매달리듯이 안겼다.

그때 화운룡의 귀에 절규하는 듯한 외침이 들렸다.

"오라버니!"

화운룡이 쳐다보자 가루라 위에서 한 마리 짐승 새끼처럼 앙상한 그 무엇이 앉은 채 그를 향해 팔을 뻗고 있었다.

화운룡은 결코 사람의 모습이라고 할 수 없는 그 짐승 새끼를 보고 그게 자신의 막내 여동생이라는 사실을 한눈에 알아보고는 눈물이 핑 돌았다.

"아미야……."

그 짐승 새끼는 그렇지 않아도 작고 가녀린 몸매를 지니고 있던 막내 여동생 화아미였다.

화운룡이 슬쩍 몸을 움직이는 순간 그는 어느새 가루라 위에 도착하여 화아미 앞에 무릎을 꿇고 있었다.

"아미야……."

"오라버니……! 으흐흑! 오라버니……."

얼마나 못 먹었는지 수수깡처럼 말라 버린 화아미를 품에

안으면서 화운룡은 조금만 힘을 주면 그녀가 부서져 버릴지
도 모른다는 생각이 들었다.

동태하 전투 때 화아미가 십사 세였으니까 지금은 십육 세
가 됐을 것이다.

화운룡이 화아미의 등을 쓰다듬고 있을 때 누군가 몇 사람
이 그를 바라보면서 눈물을 흘리는 모습을 발견했다.

"용아……."

그들은 네 사람인데 바로 화운룡의 부모와 조부모들이었다.

얼마나 초췌한 모습으로 변했는지 화운룡은 그들을 전혀
알아보지 못했다.

"아버지! 어머니!"

"아이고……! 용아……!"

어머니 주소혜는 화운룡에게 달려오려는 마음이 급한 나머
지 앞으로 고꾸라지고 말았다.

화운룡이 아버지 화명승과 어머니 주소혜, 할아버지 화성
덕, 할머니 문소향, 여동생 화아미를 안고 재회의 기쁨을 나누
고 있을 때 또 다른 외침이 터졌다.

"어머니!"

"어머니! 할아버지!"

숙빈과 감도도, 감중기 등이 모친과 조부를 상봉하면서 터
져 나온 소리였다.

야말과 굴락, 그리고 주대영, 주화결의 말에 의하면 유배지인 동해의 흑사도에는 비룡은월문 사람이 구백여 명이나 살고 있었다고 한다.

지난번에 네 명의 초후가 이곳에 왔을 때 알게 된 사실이지만 비룡은월문에서 제압한 사람들을 처리한 것은 동초후 휘하의 일개 금투총령사였다고 한다.

천신국에서 금투총령사 정도의 신분이면 초신, 절신, 존신의 신조삼위를 제외하면 최고의 신분이므로 그 정도 일을 결정, 처리할 자격이 있다.

흑사도에 있는 구백여 명 중에서 이번에 가루라와 대묘봉을 타고 온 사람은 팔십여 명이었다.

화운룡의 가족으로는 부모와 조부모. 그리고 막내 여동생 화아미가 돌아왔다.

그리고 옥봉의 부모와 사유란 쪽 외가 식구 다섯 명이 돌아왔으며, 감도도, 감중기 남매의 모친 유홍 자매 세 명이 고스란히 귀환했다.

숙빈네는 경사가 벌어졌다. 죽었을 것이라고 생각했던 모친이 돌아온 것이다. 더구나 모친은 남편인 조무철이 당연히 죽었을 것이라고 믿고 있었는데 버젓이 살아서 자신을 반겨주니 기절할 것처럼 기뻐했다.

먼저 와룡봉추도에 들어온 은월진천문 사람들이 합심하여 갖고 온 재료로 갖가지 요리를 만들었다.

이십여 명쯤 되는 여인네들을 총지휘한 사람은 뜻밖에도 연본교였다.

그녀는 중구난방 이리 뛰고 저리 뛰는 여인네들을 갈! 한 외침으로 제압하고는 여인네들을 몇 개의 조로 나누어주고 각자 할 일을 맡겼다.

화운룡과 옥봉 등이 운룡재 너른 마당에서 가족들을 기다리고 있을 때, 연본교의 진두지휘로 이십여 여인네들이 뚝딱 만들어낸 요리가 대전의 수십 개 탁자에 가득 차려졌고 그 주위에 무려 이백여 명이 둘러앉아서 먹고 마셨다.

화운룡은 각 탁자를 일일이 돌면서 한 사람 한 사람 손을 잡아주며 따뜻한 위로를 아끼지 않았다.

그가 제자리로 돌아가려는데 누군가 그를 불렀다.

그를 부른 사람은 해동공 임격이다. 흑사도에 있다가 이번에 대묘봉을 타고 돌아오는 대열에 속했기에 화운룡이 아까 인사를 했었다.

임격은 살아서 돌아온 것이 기쁘고 감격스러우면서도 한편으로는 화운룡과 함께 전투에 참가했던 세 아들을 모두 잃은 탓에 슬픔을 감추지 못하고 있었다.

동창 우두머리인 금의총교위 임오와 금의교위 임호, 임우 삼형제의 부친이 바로 임격이다.

임오 삼형제는 동창고수들을 이끌고 북경에서 태주현까지 남하하는 동안 여러 전투에 참가했으며 동태하에 도착했을 때에는 동창고수 절반 이상이 죽은 상황이었다.

그러고는 동태하에서 천여황이 이끌던 천외신계 거대 세력과의 최후 전투에서 임오 삼형제와 동창고수 전원이 전멸한 것으로 알려져 있다.

화운룡은 임격이 있는 탁자로 가면서 복잡한 심정을 떨쳐 버리기가 어려웠다.

임격은 평생 세 명의 막역지우를 갖는데 춘장공과 명정공, 그리고 마지막으로 얻은 화천공이다.

대명제국의 팔십만황군 총교두였던 임격은 대학자로서도 이름을 날렸다.

그의 벗 춘장공은 별호 짓는 것을 즐겨하여 임격을 해동공이라 짓고, 또 다른 친구는 명정공, 그리고 장차 새로 얻게 될 친구의 별호를 화천공이라 짓기로 약속했었다.

그러고는 임격 등의 나이가 팔십여 세가 되었을 때 드디어 친구를 얻어 화천공이라는 별호를 주었는데 그 사람이 다름 아닌 화운룡이었다.

지난번에 화운룡이 임격을 만났을 때 그와 부인, 며느리에게 심심상인을 전개하여 미래를 알게 해주었다.

임격 좌우에는 부인 민수림과 며느리 호연란이 앉아 있다가 반갑게 맞이했다.

"저는 화천공 님을 다시 뵙게 되었다는 것이 아직도 믿어지지 않아요……!"

임격이나 민수림, 호연란 역시 예전의 출중했던 모습은 단일 푼도 지니고 있지 않았다.

아까 대묘봉에서 내린 그들이 화운룡을 먼저 알아보지 못했다면 그는 절대로 그들을 알아보지 못했을 것이다.

곱게 늙어서 아직 사십 대로 보이는 오십칠 세의 민수림은 화운룡을 화천공 님이라고 부르고 화운룡은 그녀를 형수님이라고 부른다.

"어서 오게."

임격은 우는 것 같은 미소를 지어 보였다. 분명히 화운룡을 반기며 미소 짓는 모습인데도 잔뜩 찡그린 우는 표정이다. 얼굴에 살점이 하나도 없어서 그러는 것이다.

흑사도에서 온 사람들은 급한 대로 목욕을 하고 새 옷을 입었지만 여전히 흑사도에서의 지옥 같은 이 년여의 극심한 고생의 흔적을 지우지 못한 모습들이다.

민수림은 큰아들 임오의 아내 호연란을 한 번 힐끗 보고는 화운룡에게 조심스럽게 물었다.

"화천공 님, 며느리가 다시 한번 확인해 보고 싶다 해서요. 저희 세 아들이 죽은 것이 분명한가요?"

화운룡은 주위를 둘러보다가 저만치에서 이쪽을 보고 있는 명림을 손짓으로 부르자 그녀가 쏜살같이 달려왔다.

그는 옆에 선 명림의 어깨에 손을 얹으며 설명했다.

"이 사람은 예전에 내 우호법이었습니다. 나는 동태하 전투 이후 일 년 반 만에 이 사람을 만났습니다. 죽지 않고 살아 있더군요."

임격과 민수림, 호연란은 얼굴 가득 한 가닥 기대를 걸고 명림을 바라보았다.

명림이 차분한 목소리로 자신과 호아가 어떻게 해서 동태하 전투에서 살아났으며, 얼마나 참혹한 모습으로 화운룡을 만나기를 갈망하면서 살아왔었는지, 그리고 지금으로부터 다섯 달 전에 기적처럼 화운룡을 만나 새 삶을 살게 되었다는 얘기를 해주었다.

화운룡이 민수림과 호연란의 손을 잡고 위로했다.

"누구든지 살아만 있다면 어떤 식으로든 반드시 만나게 될 겁니다. 여기에 비룡은월문 생존자들이 모여 있다는 소문을 만천하에 낼 테니까 그 소문을 들으면 어디에 있든 한달음에 달려올 겁니다."

민수림과 호연란은 눈물을 흘리면서 화운룡의 손을 힘주어서 꼭 잡았다.

문득 화운룡은 생각나는 것이 있어서 호연란에게 물었다.

"란아, 그런데 너는 딸이 있지 않았느냐?"

화운룡은 삼십사 세인 호연란을 조카처럼 대했다. 임격과 호형호제하기 때문이다.

딸 애기가 나오자 호연란 얼굴 수심이 드리워졌다.

"청(淸)아는 많이 아파요. 제대로 먹지를 못해서……."

그러더니 호연란은 탁자 옆 바닥의 두툼한 이불에 누워 있는 아이를 가리켰다.

이불을 덮고 있는 것은 필경 호연란의 딸인 임청일 텐데 이불 밖으로 드러난 것은 화운룡의 주먹보다 더 작고 둥근 까무잡잡한 물체였다.

화운룡은 얼른 임청을 안아들었다. 밥그릇 하나를 든 것처럼 너무도 가벼워서 그는 가슴이 시렸다.

그의 기억으로는 임청이 비룡은월문에 있을 때 세 살이었으니까 지금쯤 다섯 살이 돼야 맞다.

그런데 다섯 살짜리 여자아이는 간데없고 갓 낳은 강아지 새끼처럼 비루먹은 모습이다.

화운룡은 명천신기를 끌어 올려 임청을 가슴에 꼭 안고 온몸으로 주입시켰다.

그 모습을 보고 호연란과 민수림이 낮게 흐느꼈다.

"우리 청아마저 죽으면 우리는 살아가지 못할 거예요……."

"우욱… 욱……! 그 어린것이 매일 풀죽만 먹더니 견디지 못하고 저 지경이 된 거예요……."

화운룡이 임청을 안고 명천신기를 주입한 지 사분지 일각 쯤 되었을 때 그는 가슴에서 꼼지락거리는 기척을 느꼈다. 임청이 깨어나서 몸을 움직이는 것이다.

*　　　　　　*　　　　　　*

화운룡은 임청을 살짝 떼어내서 얼굴을 들여다보았다.

불과 사분지 일각 사이에 임청은 얼굴이 하얘지고 생기가 돌아 화운룡을 말끄러미 바라보며 배시시 미소 지었다.

"용 노야……."

너무 조그만 속삭임이지만 화운룡의 귀에는 또렷하게 들렸다.

임청은 미래에 할아버지의 친구인 화운룡의 책사 노릇을 수십 년 동안 했었다.

명천신기에 의해서 완벽하게 회생한 임청은 매달리듯이 화운룡의 가슴에 꼭 안기고는 얼굴을 비볐다.

"용 노야, 보고 싶었어요……."

화운룡은 다섯 살 임청의 머리를 쓰다듬으며 미소 지었다.

"나도 보고 싶었단다, 청아."

그때 가까이 다가온 숙빈이 조심스럽게 화운룡에게 말했다.

"오라버니, 바쁘지 않으면 잠깐 와주실래요?"

화운룡은 임청을 호연란에게 건네주고 숙빈을 따라갔다.

걸어가는 그의 등 뒤에서 임청이 호연란을 부르는 소리가 들렸다.

"엄마."

그러고 나서는 호연란과 민수림의 혼절할 듯한 비명 소리가 이어졌다.

"아앗! 청아!"

"청아! 네가 살아났구나!"

숙빈은 화운룡을 데리고 은월진천문 고수들이 모여 있는 곳으로 갔다.

"오라버니, 여기 이 사람을 봐주세요."

화운룡은 숙빈이 가리키는 사내를 보다가 움찔했다.

"너……."

탁자 앞에 일어서 있는 경장 사내는 화운룡을 보더니 꾸벅 허리를 굽혔다.

"주군."

화운룡은 반가움에 경장 사내의 손을 덥석 잡았다.

"너 우 아니냐?"

"그렇습니다, 주군."

놀랍고 어이없게도 경장 사내는 임우였다. 임격의 막내아들이며 동창 금의교위였던 임우인 것이다.

화운룡은 임우의 손을 잡은 채 저만치 임격과 민수림 등이 앉아 있는 탁자 쪽을 쳐다보았다.

임우는 부모와 형수, 조카가 저기에 앉아 있는데 그 사실을 까맣게 모르고 있었다.

만약 임격 가족이 제 모습을 갖추고 있었다면 임우가 부모를 못 알아볼 리가 없다.

흑사도에서 생활한 임격 등이 예전의 모습을 일 푼도 갖추지 못했기에 임우는 불과 칠팔 장 거리에 부모와 형수, 조카를 두고도 알아보지 못한 것이다.

화운룡은 임우를 나무랐다.

"태주현에서는 어째서 내게 알은척을 하지 않았느냐?"

"저 같은 것이 어찌 감히……."

화운룡이 너무 신적인 존재라서 임우는 자신이 굳이 나서서 살아 있다는 사실을 말하기가 멋쩍었다.

"우야, 이리 와라."

화운룡은 임우의 팔을 잡고 임격 쪽으로 이끌었다.

임격 등은 다 죽어가던 손녀 임청이 살아난 것 때문에 경사스러운 분위기라서 화운룡과 임우가 다가오는 것을 보지 못하고 있었다.

화운룡이 옆에 다가왔는데도 임격 등은 임청을 둘러싸고 기쁨에 들떠 있느라 알지 못했다. 또한 임우는 바로 코앞에서 부모와 형수를 보면서도 알아보지 못하고 화운룡이 왜 자신을 이쪽으로 데리고 왔는지도 모르고 있었다.

"임 형."

민수림이 안고 있는 임청을 미소 지으며 바라보고 있는 임격을 화운룡이 조용히 불렀다.

임격과 민수림, 호연란은 다시 온 화운룡을 쳐다보다가 그 옆에 서 있는 임우를 발견하고 소스라치게 놀랐다.

"아아… 우야!"

"우야!"

임우는 목내이처럼 형편없는 몰골의 사람들이 느닷없이 자신의 이름을 부르자 크게 놀랐지만 여전히 그들이 누군지는 알아보지 못했다.

"누… 구십니까?"

주름투성이 새카맣고 깡마른 얼굴의 임격이 앙상한 두 손을 내밀어 임우를 붙잡았다.

"우야, 아비다……."

"……."

임우는 멍한 얼굴로 화운룡을 쳐다보았다. 이게 어떻게 된 일이냐고 묻는 것이다.

화운룡은 빙그레 미소 지었다.

"너희 부모님이시다. 흑사도에 이 년여 계시는 동안 이런 모습이 되셨다."

"아아……."

임우는 겉모습으로는 조금도 부모와 형수 같지 않은 그들을 보면서 몸을 떨다가 민수림 품에 안겨 있는 조카 임청을 발견했다.

명천신기로 옛 모습을 조금쯤 되찾은 임청이 임우에게 앙증맞은 두 손을 내밀었다.

"삼촌."

"처… 청아……."

임우는 헤어질 당시에 세 살이었던 임청의 모습을 똑똑하게 기억하고 있다.

화운룡은 눈물의 상봉을 하고 있는 임격 가족을 뒤로하고 자신의 가족들이 있는 탁자로 향했다.

이제야말로 넘어야 할 큰 산이 남아 있다.

커다란 탁자 여러 개를 붙여놓은 곳에는 갖가지 요리와 술이 그득하게 차려져 있고, 그 둘레에 화운룡 가족과 옥봉의 가족, 숙빈과 감도도의 가족들이 둘러앉아서 웃음꽃을 피우며 대화를 나누고 있다.

그들은 예전에 비룡은월문 같은 전각군 내에 함께 살았기 때문에 이웃처럼 친밀했었다.

그들 모두 지옥 같은 흑사도에서 갖은 고초를 다 겪다가 다 함께 풀려나서 흑사도의 일을 옛일처럼 말하고 있으니 실로 감개무량했다.

옥봉과 자봉은 화운룡 가족과 자신의 가족에 둘러싸여 재회의 즐거운 한때를 보내고 있는 중이다.

화운룡이 쳐다보니까 항아와 연종초가 여러 개 탁자를 둥글게 붙여놓은 한쪽 한적한 곳에 둘이 따로 떨어져 앉아서 가족들의 재회를 물끄러미 바라보고 있었다.

항아와 연종초는 서로의 손을 꼭 잡고 있었다. 이제 곧 벌어질 일 때문에 두 여자는 바짝 긴장한 모습이다.

화운룡 가족과 옥봉 가족들은 화운룡에게는 부인이 당연히 옥봉 한 사람뿐이라고 알고 있는데 부인이 두 사람 더 있다는 사실을 밝혀야 하는 것이다.

항아는 그나마 연종초보다는 훨씬 나은 편이다. 부상국의 멸문한 막부의 소공녀라는 신분과 천신국 여황이라는 신분은 엄청난 차이가 있는 것이다.

후자는 화운룡 가족과 옥봉 가족 등이 알고 있는 한 이 모든 재앙의 원천이기 때문이다.

연종초는 자신의 신분을 알게 되면 가족들이 과연 어떤 반응을 보일지 상상하는 것조차도 두려웠다.

화운룡이 항아와 연종초에게 가고 있을 때 옥봉이 먼저 그녀들에게 다가갔다.

옥봉은 양손으로 항아와 연종초의 손을 잡고 일어나 화운룡 가족과 자신의 가족이 모여 있는 곳으로 향했다.

화운룡은 옥봉이 항아와 연종초를 가족들에게 소개하려는 것이라 짐작했다.

그러고는 잘됐다 싶어서 이 일을 그녀에게 맡기기로 했다.

어쨌든 옥봉은 총명하니까 화운룡보다 나은 방법을 알고 있을 것이라는 생각이다.

하지만 사람들에게 진실을 알리는 데 있어서 나은 방법이라는 것이 있을 리가 없다.

아무리 좋은 방법을 선택하더라도 진실을 알리는 방법은 언제나 하나뿐이다.

옥봉은 항아와 연종초의 존재를 가족들에게 어차피 알릴 거라면 자신이 나서려는 것이다.

매를 맞아야 하는 일이라면 화운룡보다는 자신이 대신 맞으려는 의도다.

화명승과 주소혜, 그리고 주천곤과 사유란 등은 옥봉이 두 여자의 손을 잡고 다가오자 시선을 집중했다.

항아와 연종초의 미모는 옥봉에 비해서 절대로 뒤지지 않기에 처음부터 모든 사람들의 시선을 받고 있었다.

옥봉이 침착한 얼굴로 가족들에게 말했다.

"두 사람을 소개할게요."

옥봉은 먼저 항아부터 소개했다.

"이 사람은 부상국 무로마치 막부의 소공녀이며 용공의 두 번째 부인이에요."

"뭐… 뭐야?"

"아니… 그런 일이……."

여기저기에서 탄성이 터져 나오면서 다들 크게 놀라는 표정을 지었다.

극도로 긴장한 항아는 용기를 내서 두 손을 앞에 모으고 공손히 허리를 굽혔다.

"항아예요. 예쁘게 봐주세요."

화명승 부부나 주천곤 부부 등이 볼 때 항아는 경천동지의 아름다움을 지녔으면서도 매우 어린 것 같았다.

이런 상황에서 절대로 빠지지 않는 사유란이 물었다.

"몇 살이죠?"

항아는 떨리는 가슴을 누르고 차분히 대답했다.

"열일곱이에요."

"흠, 우리 봉아보다 세 살 어리네?"

사유란의 의미심장한 말은 묘한 여운을 남기며 사람들 고막에 아른거렸다.

그렇지만 사람들은 옥봉이 두 절세미녀의 손을 잡고 있다는 사실에 주목했다.

어쩌면 두 여자 모두 화운룡의 부인일지도 모른다는 생각이 들었기 때문이다.

항아를 소개하고 난 옥봉은 문득 어떤 생각이 들었다.

연종초를 구태여 천신국 여황이라고 솔직하게 소개할 필요가 없다는 것이다. 화명승을 비롯한 화씨 가족이나 주천곤을 비롯한 주씨 가족들은 연종초의 신분이 무엇이든지 그다지 상관이 없는 사람들이기 때문이다.

지금 사람들이 놀라고 있는 것은 항아가 화운룡의 두 번째 부인이라는 사실 때문이다.

그리고 이제 곧 연종초가 세 번째 부인이라는 사실을 알게 되어 놀라움이 가중될 것이다.

옥봉은 자신이 거짓말을 하는 것이 아니라 연종초의 진짜 신분을 말하지 않는 것뿐이라고 스스로를 위로했다.

옥봉은 연종초를 소개했다.

"이 사람은 고구려인이며 천백문의 문주이고 연신가의 가주로서 용공의 세 번째 부인이에요."

가족들은 연종초가 화운룡의 부인일 것이라고 예상했었지만 그것이 막상 사실로 드러나자 크게 놀라는 표정을 지으며 아무도 입을 열지 않았다.

연종초는 깜짝 놀라는 얼굴로 옥봉을 바라보았다.

그녀가 연종초를 천신국의 여황이라고 소개하지 않았기 때문이다.

옥봉이 연종초의 손을 놓으며 미소 지었다.

"가족들에게 인사해."

연종초는 옥봉의 뜻을 알아차리고 고마운 눈빛으로 그녀를 잠시 바라보고 나서 가족들을 향해 공손히 허리를 굽혔다.

"처음 뵙겠어요. 저는 연종초입니다."

가족들은 복잡한 표정으로 항아와 연종초. 그리고 옥봉을 바라보았다. 항아와 연종초는 그녀들이 이부인, 삼부인이라서 바라보는 것이고, 옥봉을 보는 것은 과연 그녀의 마음이 얼마나 쓰릴까 하는 마음이다. 그걸 짐작한 옥봉이 항아와 연종초의 손을 잡고 방그레 웃으면서 말했다.

"저는 이 두 사람과 친자매처럼 잘 지내고 있어요."

자봉이 일어나서 옥봉 등을 가리키며 거들어주었다.

"그건 사실이에요. 제가 질투할 정도로 저 세 사람은 매우 친하다니까요?"

옥봉과 자봉의 그 말에 사람들은 고개를 끄떡이면서 안도하는 표정을 지었다.

화운룡에게 세 명의 부인이 있다는 사실만으로도 기함할 일인데 그녀들이 서로 반목하고 으르렁거린다면 그것처럼 슬픈 일이 없을 것이기 때문이다. 조금 떨어진 곳에 서 있는 화운룡은 가족들의 표정을 살피다가 안도하며 가슴을 쓸어내렸다.

옥봉이 항아와 연종초를 데리고 가족들에게 다가갔다. 한 사람씩 소개시키기 위해서다.

옥봉이 화명승 앞에 이르렀을 때 뜻밖에 연종초가 불쑥 말문을 열었다.

"저… 드릴 말씀이 있습니다."

옥봉은 번뜩 뇌리를 스치는 것이 있어서 즉각 연종초에게 전음을 보냈다.

[종초, 그걸 말하면 다시는 내 얼굴 못 볼 줄 알아.]

연종초는 흠칫하여 옥봉을 쳐다보았다.

옥봉은 진지한 얼굴로 전음을 이었다.

[종초 혼자 마음 편하자고 많은 사람들의 마음을 불편하게 하겠다는 거야?]

연종초는 물끄러미 옥봉을 바라보았다.

옥봉은 화명승 등에게 살포시 미소 지으며 말했다.

"종초 아우가 어르신들께 드릴 말씀이 있나 봐요."

그 짧은 시간에 연종초는 옥봉이 한 말을 충분히 이해했다. 그녀는 자신이 천신국 여황이라는 사실을 감추는 것이 마음이 불편해서 밝히려고 했다.

그런데 옥봉의 말을 듣고 큰 깨달음을 얻었다.

여기에 있는 가족들은 연종초가 천신국 여황이든 아니든 상관하지 않는다.

가족들의 관심사는 연종초가 화운룡의 세 번째 부인이라는 사실이다. 그런데도 연종초는 자신의 마음이 불편해서 사실대로 말하려고 했다.

그렇지만 옥봉 말대로 연종초가 자기 마음 편하자고 사실대로 말했다가는 많은 사람들의 마음이 언짢아질 것이다.

연종초는 이 일을 계기로 더 큰 사실을 깨달았다.

그녀는 지금껏 살아오면서 자신 혼자 편하자고 많은 잘못을 저질렀다. 자신이 편해지는 것을 조금 참으면 많은 사람들이 더 편해진다는 사실을 깨달은 것이다.

연종초는 자신을 주시하고 있는 가족들의 따가운 시선을 받으며 머뭇거리다가 넙죽 허리를 굽히며 외쳤다.

"저 연종초, 열심히 하겠습니다!"

『와룡봉추』 20권에 계속…